www.bbulmedia.com

Kerberos
켈베로스

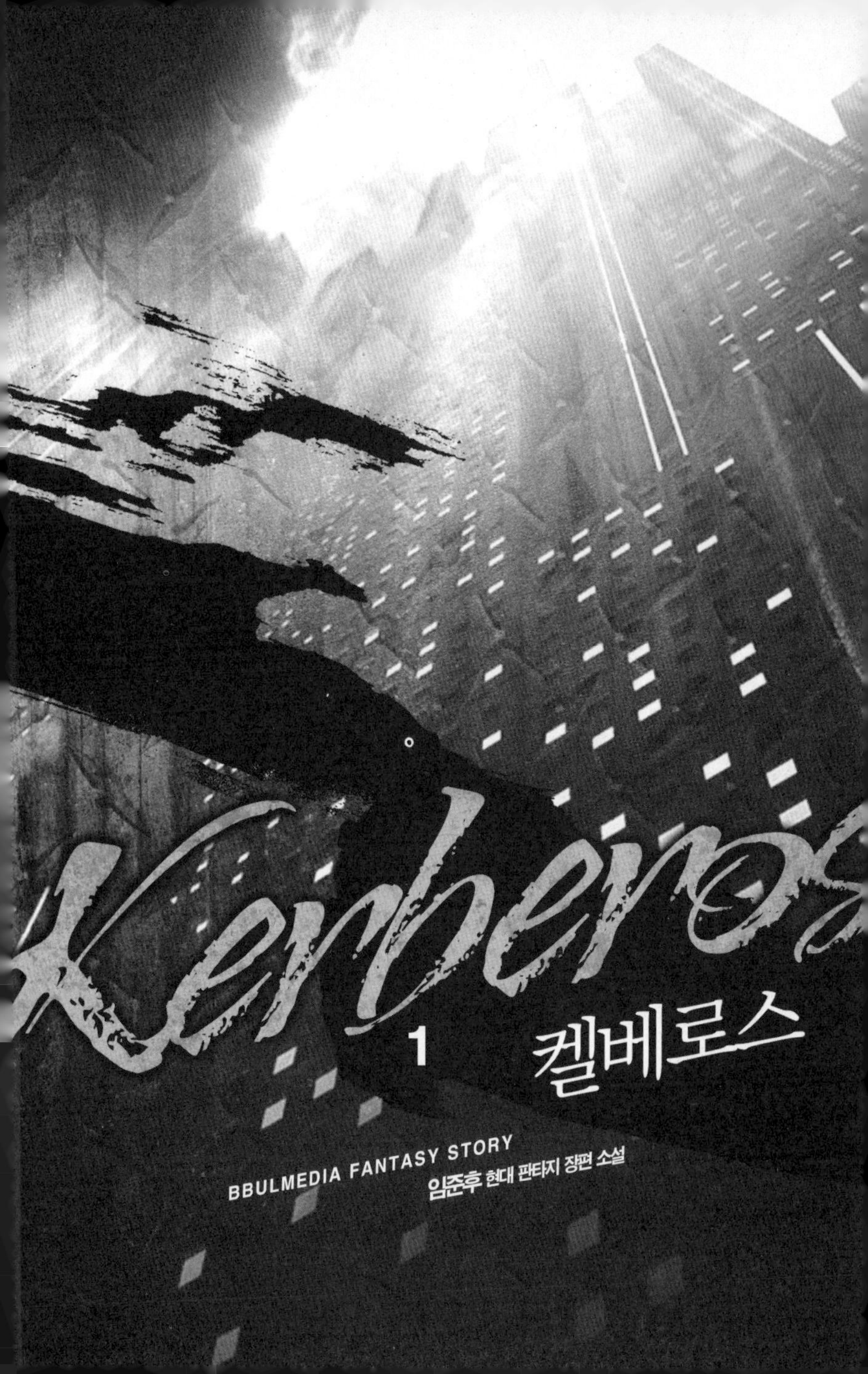
Kerberos
1
켈베로스
BBULMEDIA FANTASY STORY
임준후 현대 판타지 장편 소설

목차

작가 서문

철산대공 이후 근 2년 만에 연재를 다시 시작하게 됐습니다.

당시와는 다르게 유료연재로 연재를 재개하게 되니 시장이 정말 많이 변하고 있기는 하구나 하는 생각도 들고요.

켈베로스는 오래돼서 기억하는 분이 많지 않으실 테지만 예전에 일부를 무료로 연재했던 글입니다.

하지만 당시는 퓨전현대물이 시장에 거의 없다시피 했던 때라 켈베로스도 출간을 하지 않고 뒤로 미뤄두었죠.

이제는 오히려 현대물이 너무 많아 시장에 내놓아야 하는지를 갈등했지만 더는 미루면 안 되겠다 싶어서 본격적으로 완결을 향해 달려볼 마음을 먹게 되었습니다.

켈베로스는 연재 당시에도 많은 논란이 있었습니다.

제가 쓰는 스타일과는 다르게 초반이 가볍고 경쾌한 흐름이라 거부반응을 일으킨 분들이 많았었죠.

반대로 독자층이 넓어지기도 했지만요.

켈베로스는 그렇게 호불호가 명확했던 글입니다.

유료연재로 시작하는 시점에서 그때를 돌이켜 보면

자연스럽게 걱정이 됩니다. 이 글이 과연 어떻게 받아들여질까 하는.

제가 켈베로스를 저의 다른 작품과 달리 밝고 가볍게 시작한 이유는, 이 글의 주제가 너무 무겁기 때문이었습니다.

제가 켈베로스에서 하고자 하는 얘기는 많이 무겁습니다.

그건 글의 중후반으로 넘어가면 자연스럽게 알게 될 내용이기에 이 자리에서 언급하지는 않겠습니다. 일종의 스포가 될 테니까요.^^;;

주제가 무거운데 글의 흐름까지도 무겁게 가져가는 것이 부담스러웠습니다. 그래서 반대의 분위기로 시작하게 되었죠.

결론은 언제나,

시장에 나가는 글은 글쟁이의 책임이라는 것입니다.

재미있게 읽으시면 제가 제대로 쓴 것이고, 재미없다면 제가 잘못 쓴 것입니다.

모든 책임은 저의 것입니다.

부디 켈베로스가 끝나는 마지막 장까지 제가 만든 이야기가 독자 분들에게 큰 재미와 더불어 작은 의미를 남길 수 있기를 바랍니다.

임준후 배상(拜上).

서장

그해 늦봄.

강원도 사명산.

"큰형……."

내가 입술을 깨물고 있는 것을 본 막내 녀석이 다가와 붉게 충혈된 눈으로 나를 보며 웅얼거렸다.

요 이틀 동안 얼마나 울었는지 나를 부르는 녀석의 음성은 꽉 잠겨 있었다. 녀석의 탁한 목소리에 담긴 그 긴 여운이 내 가슴을 헤집었다.

"좋은 데로 갔을 거다. 너도 그만 울어라."

별로 해줄 말이 없었다.

나는 녀석의 한쪽 어깨를 손으로 움켜쥐었다.

20년이라는 큰 나이 차 때문에 항상 아이로만 느껴졌었는데 일 때문에 신경을 제대로 쓰지 못한 몇 달 동안 부쩍 큰 느낌이다.

어느새 내 눈 밑에 닿을 정도로 키가 큰 녀석의 어깨는 돌덩어리처럼 단단했다.

내성적인 성격인 탓에 남들 앞에 나서기 싫어하면서도 그 성격에 어울리지 않게 어렸을 때부터 운동을 좋아해서 여기저기 기웃거리더니 어느새 기특하다는 생각이 들 만큼 몸이 좋아져 있었다.

'이 녀석이 배운다고 했던 게 뭐였지……?'

둘째가 있었다면 바로 궁금증을 풀 수 있었을 텐데.

일 때문에 바빠 막내를 챙길 수 없었던 내 대신 둘째는 나만큼 바쁜 와중에서도 막내에게 돌아가신 부모님의 역할을 충실히 수행했다.

순간적으로 떠올랐던 의문은 내 가슴을 축축하게 적시는 녀석의 눈물에 흔적도 없이 사라졌다.

막내에게 있어 둘째는 돌아가신 부모님에 버금가는 존재였다.

나는 손에 쥔 막내의 어깨에서 전해지는 강한 느낌이 둘째의 죽음으로 받았던 충격을 완화시켜 주는 것을 느

껐다.

나는 속으로 씁쓸하게 웃었다.

마음이 빈 탓이다.

철없는 아이에게 위로를 받다니.

나는 손에 든 작은 나무 상자를 내려다보았다. 상자 안에는 한 줌 재만 남아 있었다.

그나마 먼지로 사라져 버린 둘째의 마지막 흔적이 산정의 바람에 날아가지 않으려 애쓰다가 속절없이 흩어지고 있었다.

"둘째는 후회 없이 살았다. 지금은 네게 많은 얘기를 해줄 수 없지만 나중에 네가 크면 네 둘째 형이 얼마나 자랑스러운 사람이었는지 말해주마. 지금 네가 할 일은 공부야. 둘째도 네가 열심히 공부해서 멋진 어른이 되기를 바랐다."

"……."

나는 시선을 들었다.

막내를 위로하고 있었지만 정말 위로받아야 할 사람은 나일지도 몰랐다.

둘째가 그들의 단서를 잡은 후 추적하겠다고 말했을 때 말렸어야 했다는 후회로 심장이 찢어지는 것만 같았다.

누군가는 해야 할 일이었지만 그것이 왜 둘째여야만

했을까.

부질없는 생각이라는 것을 알면서도 내 머릿속은 실타래처럼 뒤엉키고 있었다.

"흐으으흑……."

옆에서 억지로 울음을 삼키는 막내의 흐느낌을 들으며 나는 이를 악물었다.

가슴이 터질 듯했고 눈에서는 금방이라도 눈물이 쏟아질 것만 같았다. 막내가 없었다면 아마도 목을 놓아 울었을지도 몰랐다.

'너를 이대로 보내진 않는다. 네가 하던 일은 내가 반드시 마무리 지으마. 편히 눈을 감으려무나.'

내 자랑스런 둘째 아우는 그렇게 갔다.

*   *   *

그해 겨울.

강원도 사명산.

장석주는 어두운 얼굴로 한곳을 바라보고 있었다.

그의 시선이 닿은 곳에는 소년 한 명이 그를 등지고 서 있었다.

절벽의 끝자락이라 보는 사람의 가슴을 졸이게 만드

는 곳에 우뚝 선 소년은 앳되어 보이는 얼굴과는 달리 180에 가까운 키에 75킬로는 나가 보이는 탄탄한 몸매의 소유자였다.

얼굴을 보지 않았다면 청년이라고 보아도 무방할 체격이다.

소년은 손에 든 작은 나무상자에서 재 같은 것을 한 줌씩 꺼내 바람에 날려 보내고 있었는데 그 모습은 마치 어떤 종교적인 의식이라도 거행하는 듯 무겁고 장중했다.

장석주는 내심 고개를 저었다.

무어라 말을 하고는 싶었지만 소년의 분위기가 그것을 허락하지 않았기 때문이다.

뿌릴 것이 남지 않은 후에도 망연한 표정으로 먼 하늘을 바라보고 있던 소년이 잠시 후 장석주에게 고개를 돌리며 물었다.

"아저씨, 큰형은 어떻게 돌아가신 겁니까?"

갑작스런 질문이었지만 이미 예상했던 것이라 장석주는 차분한 음성으로 말문을 열었다.

"미안하다……."

그는 말끝을 흐렸다.

차분하긴 하지만 깊게 가라앉아 있었고, 어쩔 수 없는 머뭇거림이 묻어나는 음성이었다.

그는 매사에 맺고 끊는 것이 분명한 사람이었다. 그래서 하던 말을 얼버무리는 지금과 같은 상황은 생각할 수도 없는 일이었다. 하지만 그런 그도 소년에게는 분명한 대답을 해줄 수가 없었다.

그에게 질문을 한 소년의 형은 자존심 높기로 하늘 아래 첫째일 거라고 자부하는 그가 진심으로 존경하던 사람이었다.

그런 사람이 죽음을 맞게 된 과정을 유일하게 남은 가족에게마저 사실대로 전해줄 수 없다는 것이 그의 마음을 아프게 했다.

하지만 어쩔 수 없는 일이었다.

그는 소년에게 사실을 말해줄 수 있는 권한을 갖고 있지 않았다.

장석주의 대답을 들은 소년의 입가에 허탈한 미소가 떠올랐다.

그가 천천히 입을 열어 중얼거리듯 말했다.

"형들 모두 아무런 예고도 없이 훌쩍 제 곁을 떠났는데 남은 저는 그분들이 어떻게 떠났는지도 알 수가 없군요. 세상에 이런 일도 있군요……."

소년의 음성에는 긴 여운이 담겨 있었다.

소년에게서 나이답지 않게 깊은 허무를 읽은 장석주의 입가에 쓸쓸한 미소가 그어졌다.

그는 내심 길게 탄식했다.

그는 눈앞에 있는 소년의 가족사에 대해 잘 알고 있었다.

저 소년의 가족들은 모두 죽었다. 그리고 그 죽음은 그들을 알고 있는 많은 사람을 안타깝게 했다.

그만큼 그들의 죽음은 고귀한 것이었다.

하지만 홀로 된 열일곱의 소년은 가족이 맞았던 죽음이 그 어떤 사람의 죽음보다도 고귀한 가치를 갖고 있다는 것을 이해하기엔 너무 어려웠다.

유일한 혈육이었던 큰형의 마지막 흔적마저 바람에 날려 보내고 난 소년은 준비해 온 작은 삽으로 바로 앞의 땅을 파기 시작했다.

턱, 턱, 턱.

이곳은 고지대인데다 한겨울이어서 땅은 바위처럼 단단하게 얼어붙어 있었다. 게다가 소년이 가지고 온 삽은 분재용이어서 땅은 잘 파지지 않았다.

하지만 소년은 이마에 굵은 땀방울이 맺히는 것을 아랑곳하지 않고 묵묵히 땅을 팠다.

5분 정도가 지났을 때 그의 앞에 30센티 깊이의 작은 구덩이가 입을 벌렸다.

소년이 파놓은 구멍을 본 장석주의 눈이 빛났다.

그곳에는 지금 소년의 옆에 놓인 나무상자와 비슷한

크기의 나무상자가 묻혀 있었던 것이다.

나무상자는 원형을 온전하게 보존하고 있었는데 묻힌 지 오랜 시간이 지난 것 같지 않았다.

소년은 큰형의 유골이 담겨 있던 나무상자를 자신이 판 구멍에 묻혀 있던 나무상자의 옆에 조심스럽게 내려놓았다. 그리고 다시 흙으로 구멍을 메운 후 손으로 단단하게 눌렀다.

곧 땅은 소년이 파기 전의 모습으로 돌아갔다.

소년은 그 땅 위에 삽을 꽂고 일어섰다.

그의 시선이 장석주를 향했다.

자신을 바라보는 소년의 눈에 소용돌이치고 있는 어떤 것을 본 장석주는 진정되어 가던 가슴이 다시 아려오는 것을 느꼈다.

저 나이에는 저런 눈빛을 가지면 안 되는 것이다.

허무와 절망, 고통과 분노, 그리고 터질 듯한 광기가 뒤섞여 오히려 가라앉아 보이는 눈빛.

소년의 눈빛은 세상의 고통을 맛볼 대로 맛본 삼사 십대도 갖기 어려운 것이었다.

그때 소년이 장석주에게 깊숙이 허리를 숙여 인사하며 말했다.

"감사합니다."

"무슨 말을… 해야 할 일이었다."

장석주는 어두운 그늘이 진 눈길로 소년을 바라보며 가볍게 고개를 저었다.

숙였던 허리를 편 소년은 산 아래쪽으로 발을 옮기기 시작했다.

"고아로군요… 저는…….""

들릴 듯 말 듯한 음성이었지만 장석주는 그의 옆을 스쳐 지나가던 소년의 중얼거림을 어렵지 않게 들을 수 있었다.

그는 나직하게 탄식하며 소년의 뒤를 따라 걸음을 옮겼다.

사명산의 정상은 수천 년 동안 그래 왔던 것처럼 다시 깊은 적막 속으로 침몰해 갔다.

아버지처럼 존경하던 큰형마저 떠나보낸 열일곱의 겨울.

이혁은 혼자가 되었다.

제1장

어둠이 내린 지 한참 지난 시간이었지만 불빛이 휘황한 강남시외버스터미널은 대낮처럼 환했다.

드르르륵.

정장을 차려입은 중년 남자의 뒤를 따라 막 버스를 내리는 혁의 호주머니에서 강한 진동이 왔다.

핸드폰을 꺼내 액정화면을 본 혁의 입가에 쓴웃음이 떠올랐다.

"노는 건 눈뜨고 못 본다니까."

장난스럽게 중얼거린 그는 콜 버튼을 눌렀다.

"왜, 누나?"

핸드폰 건너편에서 들려오는 얘기에 혁의 얼굴에서

조금씩 표정이 사라졌다.

담담하지만 눈빛이 강해서 차갑게 보이는 얼굴이었다.

"알았어."

혁은 차분한 음성으로 대답을 한 후 전화를 끊었다.

"쩝……."

전화를 끊은 후 잠시 건물의 외벽에 왼쪽 어깨를 기대고 기우뚱 서 있던 혁은 낮게 혀를 차며 팔짱을 풀고 몸을 세웠다.

일을 해야 할 시간이었다.

간만에 쉬는 날이라 세 시간에 걸쳐 치악산 정상을 밟은 후 내려와 잠시도 쉬지 않고 서울로 돌아온 그였다. 하지만 그의 전신에서는 피로 대신 절제된 강인함이 느껴졌다.

혁은 손목을 들어 시계를 보았다.

그의 눈빛은 깊었다.

"여자라… 이틀이 지났으면 못 볼꼴을 보게 되기 쉽겠군."

낮게 중얼거린 그는 걸음을 옮겼다.

음성은 담담했지만 발놀림은 빨랐다.

가로등도 없는 거리는 괴괴한 어둠에 잠겨 있었다.

불이 꺼진 건물의 외벽 그늘에 서 있는 혁의 눈이 밤

고양이처럼 푸르스름한 빛을 발했다.

오늘 그가 부여받은 임무를 수행해야 하는 건물은 저 어둠 한구석에 괴물처럼 웅크리고 있을 터였다.

그의 얼굴은 선이 굵고 이목구비가 뚜렷해서 최근의 트렌드인 가늘고 수려한 스타일과는 조금 달랐다. 그래도 잘생겼다는 말을 듣기에 충분한 그의 얼굴에 언뜻 피로의 기색이 스쳐 지나갔다.

그것은 육체적인 피로 때문에 떠오른 기색이 아니었다.

피로는 육체가 아니라 정신에서 왔다.

"누나와 함께한 세월이 벌써… 1년이 넘었나…… 세월 참 빠르군."

그는 블랙진의 뒤 호주머니에 꽂아두었던 검은 가죽 장갑을 꺼내어 손에 꼈다.

우두둑.

깍지 낀 양손가락을 가볍게 비틀자 뼈가 퉁기는 소리가 기분 좋게 났다.

"말로 해서 끝낼 수 있으면 좋겠지만……."

뚜벅뚜벅.

훤칠한 장신이다.

그만큼이나 긴 다리로 성큼성큼 걸어나가며 중얼거리는 혁의 낮은 목소리가 거리에 낮게 깔렸다.

"그런 걸 기대하면 누나에게 바보 소리 듣기 딱 좋겠
지……."

*   *   *

"사장님, 저희 먼저 들어가요. 좋은 꿈꾸세요."

팔등신의 늘씬한 아가씨 두 명이 활짝 웃으며 인사를
하고는 문밖으로 사라졌다.

십대인 듯도 보이고 이십대인 듯도 싶고 어찌 보면 삼
십대로도 보여 나이를 종잡기 어려운 아름다운 여인은
싱긋 웃으며 가볍게 손을 흔들어 두 아가씨를 배웅하고
는 안쪽의 문고리를 잠갔다.

기다리는 사람이 오려면 두어 시간은 지나야 했다.

그동안 그녀는 아무에게도 방해받고 싶지 않았다.

바로 돌아간 그녀는 진열대에서 로얄 샬루트 한 병과
잔 하나를 꺼내 들고 홀 중앙의 빈자리에 앉았다.

단순하지만 우아한 디자인의 검은색 롱드레스는 왼쪽
허벅지 깊은 옆트임이 있었다. 다리를 꼬자 깎은 듯 매
끄럽고 긴 다리가 드러났다

쪼로록.

생각에 잠긴 얼굴로 잔에 술을 따르던 그녀의 고운 눈
썹 끝이 살짝 찌푸려졌다.

"요새 혁이 기색이 조금 이상하던데… 무슨 고민이 있는 걸까?"

한 모금.

입안에 감도는 술의 향기를 음미하다가 넘긴 그녀의 얼굴이 펴지며 봄바람과도 같은 미소가 떠올랐다.

"사춘기가 늦게 오는 것일지도 몰라. 훗!"

가볍게 웃던 그녀는 주변을 살폈다.

"혁이가 들었으면 기분 나빠 하겠다."

그녀는 잔을 탁자 위에 내려놓았다. 그리고 턱을 괴었다.

그녀의 크고 맑은 눈이 잠시 흔들렸다.

"하아… 혁이가 원한 일이긴 해도 못할 짓을 시키고 있긴 해. 그 나이에 누가 그렇게 살겠어. 이 나라가 남미의 콜롬비아 같은 나라도 아니고……."

그녀는 깍지 낀 양손 위에 턱을 올려놓았다.

"조만간 한번 진지하게 얘기를 나눠봐야겠어."

술잔을 잡아가는 그녀의 눈빛은 호수처럼 깊었다.

*   *   *

백여 평에 달하는 넓은 공간을 백열등 전구 하나가 밝히려니 힘에 부친 듯 중앙의 10여 평을 제외한 나머지

공간은 침침한 어둠에 덮여 있었다.

그 어둠 속에서 몇 미터 떨어진 불빛 아래 펼쳐진 광경을 지켜보던 사내가 입맛을 다셨다.

그는 등을 의자에 깊이 묻으며 눈을 치켜떴다.

"거 참, 보고만 있는 것도 고문일세."

의자 뒤에 장승처럼 늘어서 있던 사내들은 웃음을 참기 위해 입술을 깨물었다.

그들 중 한 사내가 입을 열었다.

"사장님, 아직 약속 시간까지는 좀 남았습니다. 저희들만 재미 봐서 죄송했는데, 몸 한번 푸시죠. 앙탈을 제대로 하는 게, 계집이 꽤 쓸 만합니다."

의자에 앉은 사내, 백동주는 눈살을 찌푸렸다. 그의 눈매가 가늘어지자 말을 했던 사내는 찔끔한 기색으로 고개를 숙이며 눈길을 다른 곳으로 돌렸다.

백동주의 잇새로 낮은 웃음이 새어 나왔다.

"흐흐, 니가 지금 나하고 구멍동서하자는 거냐?"

웃고는 있지만 등골이 서늘해질 정도로 차가운 음성이다.

분위기가 살벌해졌다.

식은땀으로 이마를 적신 사내가 허리를 90도로 꺾었다.

"잘못했습니다, 사장님."

백동주는 삼십대 후반임에도 초반처럼 보일 만큼 피부가 좋고 호남형이라 여자들에게 꽤나 인기가 많았다. 하지만 생김새와 달리 마음은 뱀처럼 차갑고 독해서 눈에 거슬리는 걸 가만 놔두질 못했다.

사내는 그런 백동주의 성질을 잘 알고 있었다.

웃음기가 돌았던 사내들의 얼굴이 돌처럼 딱딱해졌다.

그들은 백동주의 시선을 따라 불빛 아래로 눈을 돌렸다.

환한 전등 아래.

그곳에는 넓은 당구대 하나가 놓여 있었다. 그리고 그 당구대 위에 실오라기 하나 걸치고 있지 않은 여인이 큰 대 자로 누워 있었다.

세상 어느 여자도 남자, 그것도 여러 명의 남자 앞에서 저런 모습으로 누워 있는 걸 원하지 않을 것이다.

그것을 증명이라도 하듯 여인의 팔목과 발목은 등산용 밧줄에 묶여 있었고, 밧줄의 반대쪽은 당구대의 네 모서리에 깊이 박혀 있는 굵은 대못에 연결되어 있었다.

백동주와 그의 부하 네 명이 있는 위치는 다리를 활짝 벌리고 누워 있는 여인의 거뭇거뭇한 사타구니가 정면으로 보이는 곳이었다.

백동주는 자리에서 일어나 당구대로 걸어갔다.

뚜벅뚜벅.

정적에 묻혀 있던 어둠이 구둣발자국 소리에 진저리를 쳐댔다.

당구대 옆에서 걸음을 멈춘 백동주는 누워 있는 여인을 내려다보았다.

"독한 년."

당구대에 알몸으로 누워 있는 여인은 이십대 중후반 정도의 나이였는데 미모는 평범한 편이었지만 눈매가 지적이어서 인상적이었고, 몸매도 좋은 편이었다.

하지만 지금 그녀의 얼굴은 여기저기가 퍼렇게 부어올랐고, 코와 턱 근처는 검게 말라붙은 핏자국들이 덕지덕지 붙어 있어 흉하기 이를 데 없었다.

여인은 치욕스러운 상황임에도 눈을 똑바로 뜨고 백동주를 올려다보고 있었다. 살기에 가까운 독기가 느껴지는 눈길이었다.

그녀는 무언가 말을 하고 싶어하는 듯했지만 말은 하지 못했다.

입에 두꺼운 청테이프가 붙여져 있었다.

백동주는 장갑 낀 손으로 여인의 머리카락을 쓰다듬었다.

"하… 눈빛이 여전하네? 여간한 강단이 아니야. 이런 상황만 아니라면 칭찬해 주고 싶은 눈빛이야. 그런데 상황이 좋지 않아. 그건 이소영 씨도 알지? 심층취재 전문

프리랜서 기자라… 다 좋아. 대한민국은 직업 선택의 자유가 있는 민주공화국이잖아. 자기가 하고 싶다는데 누가 그걸 말리겠나?"

백동주의 말투는 온화하게 들릴 만큼 부드럽고 사근사근했다. 하지만 눈빛은 이소영이라 불린 여자보다 더 하면 더했지 못하지 않은 살기로 번들거렸다.

그의 말이 이어졌다.

"그런데 말이야… 이 씨발년아, 취재도 해서는 안 되는 영역이 있거든. 아직 초짜라 잘 모르는 모양인데, 그런 영역을 취재하려면 목숨을 걸어야 하는 거야. 잘못하면 이런 꼴이 나니까."

이소영의 머리를 쓸던 백동주의 손아귀가 그녀의 턱을 부서져라 움켜쥐었다.

"마음 같아서는 어디 섬에다가 팔아넘겨서 걸레로 만들고 싶은데……."

백동주는 잠시 말을 멈췄다.

찡그린 인상이 그의 심기가 편치 않음을 말해주었다.

그의 입이 다시 열렸다.

"내 맘대로 하는 걸 허락하지 않는 분이 계셔서 네 취재기록과 녹화필름만 받고 풀어주려는 거야. 그러니 내 인내심이 아직 남아 있을 때 불어라. 물건, 어디에 있냐?"

백동주는 이소영의 입에 붙여놓은 청테이프를 거칠게
떼어냈다.

테이프가 떼어진 이소영의 입술은 칼로 다진 것처럼
이곳저곳이 찢겨 있었다. 고통을 견디기 위해 입술을 짓
씹은 때문이었다.

백동주는 테이프 조각을 꾸기며 뒤의 사내 한 명에게
손짓을 했다.

그의 손짓을 받은 사내가 뛰듯이 다가와 5인치가량
되는 PMP를 백동주에게 건넸다.

백동주는 PMP를 간단하게 조작한 후 화면을 이소영
의 눈앞에 들이밀었다.

[헉헉, 죽인다. 헉헉.]

[아으으으!]

PMP의 화면이 커짐과 함께 음습하던 지하공간에 남
녀의 뜨거운 숨소리로 가득 찼다.

화면을 본 이소영의 독기 어렸던 눈이 수치와 모욕감,
그리고 공포와 좌절로 물들었다.

화면 속에는 알몸의 남녀가 뱀처럼 뒤엉켜 서로의 몸
을 탐하고 있었다.

그 안의 여인은 이소영이었다.

화면 속 이소영은 현재의 눈빛과 몰골과 달랐다.

그녀의 눈은 열기로 달아올라 있었고, 몸짓은 남자보

다 오히려 더 적극적이었다.

　백동주는 피식 웃었다.

　"매에 장사 없다는 말 알지? 마찬가지야. 뽕 들어가면 요조숙녀도 창녀가 되지. 하지만 이걸 본 사람 중에 네가 뽕 먹었다는 걸 알 놈이 누가 있겠냐? 아무튼 인터넷에 한번 올리면 그날 중으로 너는 이 나라에 사는 남자들의 스타가 될 거다. 모르지, 세계적인 스타가 될지도."

　이소영의 입술이 바르르 떨렸다.

　백동주는 당구대에 걸터앉으며 PMP를 손안에서 슬슬 돌렸다.

　"그러니 불어. 불지 않으면 살아도 산목숨이 아니야. 어차피 너는 물건을 내놓지 않으면 이곳에서 나가지도 못한다. 시간이 좀 더 걸릴 뿐 나는 네게서 물건을 얻어낼 거야. 버텨봐야 너만 괴로울 뿐이지. 잘 알지 않나?"

　이소영의 얼굴이 절망감에 거무죽죽해졌다. 그러면서도 그녀는 입을 열지 않았다.

　이소영은 어리석지 않았다.

　두려움 때문에 죽을 것 같았지만 그녀의 직감은 입을 열면 안 된다고 끊임없이 되뇌고 있었다.

　그녀는 납치된 후 이틀 동안 여기 있는 사내들에게 윤간을 당했다.

그들은 얼굴을 가릴 생각도 하지 않은 채 그녀를 다뤘다.

그 의미는 간단했다.

물건을 넘기면 사내들은 그녀를 죽일 것이다.

살기 위해서는 입을 열면 안 되는 것이다.

백동주는 흔들리는 이소영의 눈을 바라보다가 눈살을 찌푸렸다.

"후우, 머리 좋은 년들은 이래서 어렵다니까……."

뒤의 사내가 백동주의 기색을 살피며 조심스럽게 말했다.

"사장님, 이 쌍년은 말로 해서는 될 년이 아닙니다. 일단 팔다리를 부러뜨리고 손발톱 뽑고 난 후에 말씀하시는 게 편하지 않을까요?"

백동주가 고개를 돌려 사내를 보다가 고개를 끄덕였다.

"모처럼 맞는 얘기를 하는구나. 아무래도 그래야겠다."

뒤의 사내들이 히죽 웃으며 이소영에게 다가갔다.

그들의 말은 이소영의 귀에도 또렷하게 들렸다.

그녀의 안색이 새파랗게 질렸다.

"으으… 으으……."

그녀는 질린 신음을 토해내며 전신을 비틀었다.

밧줄에 묶인 팔다리가 미친 듯이 뒤틀렸다.

처음부터 끝까지 이소영에게서 시선을 떼지 않고 있던 백동주는 습관처럼 코를 찡긋하며 웃었다.

"용을 쓰는구나, 용을 써!"

"크크크."

그의 뒤에 어깨를 쫙 펴고 서 있던 사내들도 백동주와 함께 웃었다.

사내들의 눈에 열기가 떠올라 있었다.

이소영은 벌거벗고 있었고, 그들은 이미 몇 차례나 이소영의 배 위에 올라탄 경험이 있었다.

이소영의 눈꼬리에서 눈물이 쉴 새 없이 흘렀다.

두려움과 치욕, 절망감이 뒤섞인 눈물이었다.

이들은 사람의 심성을 가진 자들이 아니었다.

말 대로 하고도 남을 자들인 것이다.

사내 중 한 명이 당구대에 기대어져 있던 굵은 쇠파이프 손잡이를 잡아 들어 올렸다.

세모꼴 눈을 번뜩이며 사내는 입맛을 다셨다.

"그러게 말로 할 때 좀 듣지 그랬어. 흐흐. 계집 팔다리 으깨기는 사오 년 만이라 손이 좀 거칠 거야, 소영아. 아파도 좀 참아라, 알았지?"

느물거리며 말한 사내의 손이 위로 올라갔다.

전등빛을 받은 쇠파이프의 끝이 검푸른 빛을 흘렸다.

그때였다.

"거기까지!"

갑자기 들려온 굵고 낮은 저음. 하지만 알아듣기에 전혀 어려움이 없는 성량.

백동주는 미간을 좁히며 시선을 철문으로 된 입구로 돌렸다.

그는 철문이 열리는 소리는 듣지 못했다. 하지만 들려온 음성은 낯선 것. 외부인이 들어온 것이다.

그가 뱉듯이 말했다.

"어떤 잡놈이냐!"

대답은 없었다.

저벅저벅.

계단을 내려오는 발자국 소리.

백동주는 심호흡을 하며 아닌 밤중에 홍두깨처럼 찾아온 불청객을 찬찬히 훑었다.

"허……."

이곳은 지하였다.

게다가 밤이었고 불빛이라고는 기둥에 대충 걸려 있는 공사용 전구 하나뿐인 터라 그가 상대의 모습을 파악하는 데는 몇 초의 시간이 필요했다.

상대를 파악한 백동주의 얼굴이 일그러졌다.

나타난 자는 키가 180이 넘고 약간 마른 체격에 긴

팔다리와 단단한 어깨를 가지고 있었다.

검은 가죽 잠바와 역시 검은 가죽 장갑을 끼었고, 블랙진에 검은 운동화를 신고 있었다.

온통 검은색 일색인 스타일과 무표정한 얼굴, 그만큼이나 무심한 눈빛이 썩 잘 어울리는 분위기의 사내였다.

그러나 얼굴에는 아직 앳된 기운이 남아 있는 것이 많이 봐주어도 스물한둘 정도로밖에 보이지 않았다.

분위기는 그럴싸했다. 그렇지만 애송이라는 티가 팍팍 나는 얼굴이다.

독종들만 살아남는다는 이 바닥에서 10여 년을 구른 백동주의 눈에 청년인지 소년인지 분간이 제대로 안 되는 젊은 놈이 들어올 리가 없었다.

"난 우연을 믿지 않지. 어떻게 알고 왔는지 모르지만 죽을 자리를 찾아왔구나."

백동주의 말에 이혁은 피식 웃었다.

"떡 줄 생각도 없는데 김칫국부터 마시는군."

담담하지만 명백한 비웃음이 어린 말투.

백동주의 눈가가 붉어졌다.

백동주는 자신도 모르게 주변을 둘러보았다.

설마 자신과 부하들에게 뱉은 말일 거라는 생각이 들지 않았던 것이다.

그럴 만도 했다.

그는 지금 부하 넷을 데리고 있지 않은가.

아무리 세상 물정 모르는 촌놈이라 할지라도 한눈에 조폭임을 알아볼 수 있을 만큼 완연한 검은 정장 차림에, 손에는 쇠파이프 하나씩을 거머쥐고 있는 건장한 사내 넷이 그를 중심으로 원을 그리며 늘어서 있는 이 상황에서 돌아가는 걸 저리도 모를 수가 있을까.

그는 저렇게 겁대가리 상실하고도 싸가지라고는 한 톨 보이지 않는 말을 이 장소에서 들을 거라고는 상상조차 해본 적이 없었다.

그뿐만 아니라 그의 옆에 늘어선 사내들도 마찬가지였고.

게다가 중앙에는 참혹한 몰골의 이소영까지 있어서 보통 사람이라면 오금이 저려야 정상이었다.

하도 기가 막힌 말이라 백동주는 화도 나지 않았다.

남한테서 저런 말을 들은 적이 언제인지 기억도 잘 나지 않을 만큼 가물가물했다.

"대가리에 피도 안 마른 씨벌놈이로구나. 아가야, 너 여기가 어딘 줄 알고는 온 거냐?"

어이가 없어 말할 기회를 놓친 백동주 대신 불쑥 끼어들며 입을 연 것은 그의 심복인 김한수였다.

치켜뜬 눈에 항상 살기에 가까운 기운이 감도는 데다 인상도 그에 뒤지지 않는 터라 어지간한 사람은 그의 눈과 마주치는 순간 기가 죽는다.

그도 백동주 만큼은 아니어도 어이없기는 매한가지였다.

하지만 상대는 김한수의 위협적인 태도가 눈에 보이지 않는 듯했다.

이혁의 시선이 잠시 이소영에게 머물렀다.

그의 두 눈 깊은 곳이 살기로 젖어 들어갔다.

"말로는 안 될 거라 생각은 했지만… 마음이 바뀌었다. 너희가 말을 들어도 이제는 내가 너희들의 말을 들어줄 마음이 없어졌다."

이혁의 무심한 말이 백동주의 태도를 일변시켰다.

어이가 없는 건 없는 것이고, 열받는 건 열받는 것이다.

그가 언제 상대 나이 가리며 조진 적이 있었나.

나이뿐만 아니라 남녀를 가린 적도 없었다.

그는 모르는 것이다.

이혁이 지금 어떤 결정을 했는지를.

물론 그걸 알았다면 그는 더 열받았을 테지만.

백동주의 가는 눈이 더 가늘게 찢어지며 먹이를 본 승냥이처럼 번들거렸다.

"허… 소영이 년 처리는 좀 나중에 하고 일단은 저 호로개잡놈부터 잡아야겠다. 한수야, 저 새끼 꿇려라.

꿇리기 전에 아가리 찢어놓는 거 잊지 말고."

조곤조곤한 음성이었다.

그러나 그 말을 들은 김한수는 거의 반사적이라고 할 만큼 빠른 움직임을 보이며 앞으로 나섰다.

백동주는 화가 극에 달하면 저런 음성이 된다. 그리고 그가 저런 상태일 때의 지시를 제대로 이행하지 못하면 심복인 그라도 개타작을 당한다.

김한수가 앞으로 나서자 나머지 세 사내가 빠른 걸음으로 그를 스쳐 지나며 앞으로 나섰다.

백동주의 지시가 김한수에게 떨어졌다고 그가 직접 손을 쓰게 내버려 둘 수는 없는 일이다.

그렇게 눈치 없이 굴었다가는 김한수가 저 젊은 놈을 때려잡기 전에 그들부터 때려잡을 터였다.

입버릇처럼 김한수가 하는 말처럼 김한수의 조직 내 소셜 포지션은 그들보다 위인 것이다.

백동주는 느긋하게 팔짱을 꼈다.

이혁을 바라보는 그의 눈에는 정신 나간 놈을 바라보는 사람에게서나 볼 법한 빛이 어려 있었다.

그가 말했다.

"조선놈은 맞아야 정신을 차리지. 너도 맞으면 정신이 좀 들 거다."

그와 이혁의 눈이 마주쳤다.

이혁은 백동주를 한번 보고는 눈길을 돌렸다.

키는 몰라도 몸집은 자신보다 하나같이 건장한 사내 셋이 빠르게 접근하고 있었다. 그러나 이혁의 눈빛이나 표정은 아무런 변화가 없었다.

겁을 먹거나 긴장하기는커녕 뉘 집 개가 지나가나 보다 하는 얼굴이어서 그걸 본 사내들의 심사가 대번에 뒤틀렸다.

명색이 조폭인 그들이었다.

나름 주먹질도 일가견이 있다는 평가를 받는 사내들이기도 했다.

그런 그들이, 더구나 혼자도 아닌 셋이 일단 기세로 상대의 기를 죽이지 못했다는 것이 그들의 자존심에 굵은 상처를 낸 것이다.

세 사내 중 이혁의 정면에 서 있던 사내가 손에 든 1미터 길이의 쇠파이프로 바닥을 툭툭 치며 다가섰고 다른 두 사내는 좌우로 접근했다.

여유 있는 행동이었다.

이런 장소에서 이혁이 보이는 행동은 미친놈이거나 솜씨에 자신 있는 놈이거나 둘 중의 하나일 것이다.

미친 놈 같지는 않으니 후자일 터.

하지만 솜씨가 있다 해도 이혁의 나이는 너무 어려 보였다.

잘해야 스물한두 살 정도의 나이에 솜씨가 있으면 얼마나 있겠는가.

반면에 그들 셋은 이 업계에서도 알아주는 독종에 수년 동안 싸움질로 날을 세운 자들이었다.

제아무리 솜씨가 좋다 해도 어린애 한 명에게 겁을 먹을 자는 그들 중 아무도 없었다.

툭!

쇠파이프로 바닥을 한번 힘 있게 내려친 가운데 사내가 입술을 비틀며 뱉듯이 말했다.

"겁대가리 상실한 꼬마야, 몸성히 오래 살고 싶으면 이런 자리에 끼어들면 안 된다고 어른들이 안 가르쳐 주던?"

이혁의 오른쪽 눈매에 가는 주름이 잡혔다.

그는 말없이 오른손 중지를 들어 까닥였다.

그걸 본 사내들의 눈이 뒤집혔다.

"이런 개새끼가!"

부웅—

얼굴이 시뻘게질 정도로 분노한 정면의 사내가 사선으로 휘두른 쇠파이프가 이혁의 오른쪽 어깨로 떨어졌다.

떨어지는 속도와 기세가 무서웠다.

맞으면 쇄골이 나갈 것이다.

흑백이 뚜렷한 이혁의 눈빛이 무겁게 가라앉았다.

그는 눈앞에 있는 자들을 두려워하지 않았다. 하지만 매에는 장사 없는 법이다. 더구나 상대가 휘두르고 있는 건 각목도 아니고 쇠파이프가 아닌가.

그의 맷집이 만만찮다는 건 칭찬에 인색하기 그지없던 그의 스승도 인정했던 것이었다. 하지만 방심해서 급소라도 한 대 맞으면 그 뒤는 감당하기 힘들어질 터였다.

그는 스스로의 능력에 강한 자신을 가진 사내였다. 그러나 자신이 무적이라고 착각할 만큼의 나르시시스트는 아니었다.

정면의 사내가 쇠파이프를 휘두르자 이혁의 좌우로 접근하던 사내들도 뒤질세라 쇠파이프를 휘둘렀다.

한 템포 늦기는 했어도 별차가 없는 움직임이었다.

그들은 오랫동안 한솥밥을 먹으며 손발을 맞춰온 한식구들이라 동료의 눈빛만 봐도 그 심정을 헤아릴 정도였다. 게다가 업종이 업종이어서 다구리에는 도가 텄다.

좌전방으로 한 걸음 내딛으며 정면의 사내가 휘두른 쇠파이프를 피한 이혁은 사내의 가슴으로 뛰어들었다.

사내의 얼굴이 변했다.

단 두 걸음이었지만 이혁의 움직임은 믿을 수 없을 만큼 빨랐고, 사내는 그것을 놓친 것이다.

하지만 사내는 하루가 멀다 하고 싸움박질을 하며 서른의 나이를 채웠다.

그 풍부한 경험이 사내의 위기를 구했다.

사내의 턱을 올려치던 이혁은 주먹을 거두며 두 걸음 물러섰다.

그가 있던 자리를 사내의 무릎이 매섭게 훑었다.

그 자리에 있었으면 이혁은 고자가 되었을 것이다.

휘두른 쇠파이프의 원심력에 의해 균형이 앞쪽으로 쏠려 있던 상태에서 사내 정도의 힘이 실린 무릎치기를 하기는 쉽지 않다.

이혁은 사내들이 꽤 쓸 만한 실력을 가진 자들이라는 것을 인정했다. 하지만 그 실력은 건달들 사이에나 통할 그런 것이었다.

그가 중앙의 사내에게 뛰어들면서 좌우의 사내들이 휘두른 쇠파이프를 허공을 쳤고 이혁은 쇠파이프의 사정권을 벗어났다.

그러나 그가 두 걸음 물러나자 사내들의 쇠파이프는 이혁을 다시 사정권에 둘 수 있었고, 눈을 번뜩인 사내들은 횡으로 쇠파이프를 휘둘렀다.

뒤질세라 정면의 사내가 쇠파이프를 도끼처럼 수직으로 내리찍었다.

쐐애액―

쇠파이프가 휘둘러지는 궤도에 있던 공기가 갈라지며 천이 찢어지는 소리가 났다.

속내를 읽기 어렵게 가라앉아 있던 이혁의 눈이 빛나기 시작했다.

밤이 길면 꿈도 많다.

싸움이 길어져야 그에게 이로울 게 하나도 없다는 것은 명백했다.

이런 자들의 주무기는 주먹이나 쇠파이프가 아니다.

언제 눈먼 칼이 튀어나올지 모르는 일이었고, 그런 달갑지 않은 상황이 벌어지기 전에, 그리고 사내들이 자신을 무시하고 있는 동안에 그들을 무력화시켜야 했다.

결심을 한 이혁의 몸이 공처럼 지면을 박차며 비스듬히 오른쪽으로 튀어 올랐다.

무릎을 가슴으로 당기며 뛰어오른 이혁의 움직임에 세 개의 쇠파이프가 속절없이 빈 허공을 누볐다.

하지만 사내들은 이혁을 비웃고 있었다.

다구리 당하는 놈이 몸을 공중으로 띄운 것은 죽여줍쇼 하는 것과 같았다.

일단 발이 땅에서 떨어지면 공수전환이 늦어질 수밖에 없었고, 이혁처럼 비스듬히 뛰어오르면 신체의 균형이 무너지는 건 당연한 일이었기 때문이다.

그러나 이혁의 이어지는 움직임은 그들의 상식을 완

전히 무시했다.

빗나간 쇠파이프를 거두어들이며 쉼 없이 다시 쇠파이프를 휘두르려던 사내들의 얼굴빛이 시퍼렇게 변했다.

이혁이 뛰어오른 곳에서 불과 1미터도 안 되는 곳에 그의 우측으로 접근했던 사내의 얼굴이 있었다.

이혁의 오른손 수도가 반원을 그리며 그 사내의 관자놀이를 파고들었다.

퍽.

맞기는 손날에 맞았는데 사내는 해머에라도 직격당한 것처럼 비명도 없이 2, 3미터를 튕겨 나갔다.

눈이 돌아간 것이 기절한 듯했다. 하지만 다른 사내들은 그 광경을 제대로 보지 못했다.

우측 사내의 관자놀이를 치며 얻은 미세한 반동으로 이혁의 몸은 허공에서 30센티 정도를 정면으로 이동했고, 가슴 앞에 끌어모았던 왼발을 쭉 뻗었다.

그 발꿈치에 정면에 있던 사내의 코가 걸렸다.

콰직.

소름 끼치는 소리가 공사장을 울렸다.

코뼈가 주저앉은 정면 사내의 몸이 포탄에 맞은 것처럼 뒤로 날아가 나뒹굴었다.

그것이 끝이 아니었다.

다가서던 자의 얼굴을 찍어 찼으니 그 반동은 손으로

머리를 후려친 것보다 컸다.

그것을 이용한 이혁의 몸이 허공에서 비스듬히 뒤틀렸고, 아직 가슴 앞에 남아 있던 오른발이 포물선을 그리며 그의 좌측에 있던 사내의 정수리에 날벼락처럼 떨어졌다.

쾅!

벼락 치는 소리가 났다.

사내는 팔다리를 활짝 벌리고 바닥에 얼굴을 박고 있었는데 박은 얼굴 주변으로 피가 흘러나왔다.

콘크리트 바닥과 얼굴이 정면충돌했으니 성할 리가 없는 것이다.

싸움을 지켜보던 백동주와 김한수의 입이 그들도 의식하지 못하는 사이에 절로 벌어졌다.

그 사이로 한 가닥 침이라도 흐를 듯한 모습들이었다.

싸움이 시작되고 흐른 시간은 1분도 채 되지 않았다.

쌍방의 손이 움직인 이후로만 본다면 30초도 안될 것이다.

그 짧은 시간에 승부가 갈렸다.

숱한 싸움을 직접하고 또 보기도 했던 그들이지만 이런 싸움은 본 적이 없었다.

마치 허공에 바닥이라도 있어 그것을 짚고 움직이는 듯한 이혁의 몸놀림은 백동주와 김한수의 상상을 넘어섰다.

"너… 너, 대체 뭐냐?"

누구냐도 아니고 뭐냐로 물을 정도로 김한수는 심한 충격을 받았다.

떨리는 그의 음성이 지금 그의 심정을 대변했다.

이혁이 뚜벅뚜벅 그에게 다가서며 말했다.

"말로 끝내기엔 너무 늦었지?"

김한수의 얼굴이 일그러졌다. 하지만 발작하지는 못했다. 바로 직전에 보여준 이혁의 솜씨 때문이었다.

그는 죽었다 깨어나도 그런 식으로 사내 세 명을 처리할 능력이 없었다, 더구나 맨손으로는.

꿀꺽.

긴장한 백동주와 김한수는 침을 삼켰다.

이미 이혁의 외모로 추정되는 나이 따위는 아무런 문제가 되지 않았다.

가끔 세상에는 상식을 무시하는 괴물들이 나온다는 걸 백동주와 김한수는 알고 있었다.

김한수는 한 걸음 뒤로 물러섰다.

이혁의 눈은 크고 흑백이 뚜렷해서 일견 맑아 보였다. 하지만 그와 눈이 마주친 김한수는 그 눈 깊은 곳에서 끝 모를 허무와 파괴적인 광기를 보았다.

순간적인 느낌이어서 김한수는 그 느낌의 정체가 무엇인지 이성적으로 분석할 수 없었지만 그의 본능은 이혁에게 공포를 느낀 것이다. 하지만 김한수는 자신이 물러섰다는 것을 의식하지 못했다.

오히려 그것을 의식한 것은 백동주였다.

그는 일이 글렀다는 것을 직감했다.

그는 독종이었지만 싸움꾼은 아니었다.

싸움 실력만으로 본다면 김한수는 그를 1분 안에 눕힐 수 있을 것이다.

그런 김한수가 무의식중에 뒤로 물러설 정도로 다가서는 젊은 놈의 기세는 무서웠다.

"당신이 원하는 게 저 여기자요?"

눈짓으로 이소영을 가리키며 말을 하는 백동주는 자신도 모르는 사이 반존대를 하고 있었다.

자존심이 상하는 일이었지만 이 마당에 자존심 찾다가는 상황이 악화될 수가 있었다.

자존심은 나중에 찾아도 된다.

이혁은 소리 없이 웃었다.

백동주가 무슨 생각을 하는지 손에 잡힐 것 같았기 때문이다.

백동주와 김한수는 젊은 놈이 웃으며 희미하게 드러내는 가지런한 흰 이빨이 이상하게 섬뜩해서 몸을 떨었다.

백동주의 이마에 식은땀이 맺혔다.

말이 통하지 않는 놈이었고, 그로서는 몇 년 동안 겪어본 적이 없던 위기였다.

이 상황을 모면하기 위해 그의 머리는 무섭게 돌아갔다.

다가서는 이혁에게서 느껴지는 무언가가 그의 머리에 계속해서 경종을 울리고 있었다.

김한수만큼은 아니었지만 그도 이혁이 보통의 싸움꾼과는 무언가 다르다는 것을 깨달았다.

그가 침을 삼키며 머리를 굴릴 때 김한수가 움직였다.

접근하는 이혁의 압박감을 이기지 못한 것이다.

"개새끼, 입에 재갈 물었냐!"

자포라도 한 것처럼 발악하듯 외친 그는 이혁의 정면으로 뛰쳐나가며 오른손을 뻗었다.

어느새 쇠파이프와 자리바꿈을 한 회칼 한 자루가 형광등 불빛 아래 요사스런 흰빛을 토했다.

눈 한 번 깜박할 사이에 직선으로 움직인 회칼의 끝이 이혁의 가슴을 파고들었다.

아니, 그런 것처럼 보였다.

김한수는 오한이라도 난 것처럼 몸을 떨었다.

칼끝에 아무것도 닿지 않았기 때문이다.

이혁의 가슴이 보였던 곳에 어깨가 있었다.

이혁이 한 걸음 옆으로 비끼며 몸을 튼 때문이었다.

이혁의 왼손이 아래에서 위로 번개처럼 솟구치며 김한수의 손목을 휘어잡았다.

김한수가 허공을 찌른 회칼의 방향을 바꾸어 횡으로 휘두르려는 찰나였다.

"헉!"

숨 막힌 소리를 내던 김한수의 얼굴이 끔찍한 고통으로 일그러졌다.

우드득.

"으악!!"

손목이 위로 꺾이며 부러진 김한수가 전신을 사시나무 떨 듯하며 무릎을 꿇었다.

이혁은 그런 김한수의 옆구리를 사정없이 걷어찼다.

돌 맞은 개구리처럼 나뒹굴며 전신을 떠는 김한수를 일별한 이혁은 그로부터 빼앗은 회칼을 들고 백동주를 보았다.

백동주는 오들오들 떨고 있었다.

"저… 저 여자가 목적이라면 데려가시오……."

전신을 옥죄는 두려움에 전신을 떨며 말을 한 백동주는 자신의 말이 상대에게 통할 거라는 생각은 하지 않았다.

이미 평소에 잘 돌아가던 그의 머리는 멈췄다.

오직 두려움만이 그의 머리를 지배했다.

이혁의 몸놀림은 너무나 깔끔해서 그의 부하들과의 싸움은 약속대련을 보는 듯했다. 하지만 그 결과는 너무나 끔찍해서 백동주의 넋을 빼놓았다.

그도 잔인하긴 하지만 이혁처럼 사람의 사지를 나뭇가지 꺾듯 단숨에 꺾어놓은 적은 없는 것이다. 그럴 힘도 없었고.

이혁의 굳게 닫힌 입술은 열리지 않았다.

그는 말없이 백동주에게 다가가 그의 오른쪽 정강이를 인정사정없이 걷어찼다.

퍽!

"크윽."

두려움에 크게 비명도 지르지 못한 백동주는 다리가 부러지는 듯한 고통에 신음을 삼키며 무릎을 꿇었다.

그런 백동주의 머리를 잡아 등을 보이게 밀어 눕힌 이혁은 손에 들린 회칼을 짧게 네 번 내리그었다.

회칼의 궤적을 따라 피가 튀었다.

아무리 무서워도 신경이 잘리는 고통을 참을 사람은 없다.

양어깨의 신경과 두 다리의 아킬레스건이 단숨에 잘려 나간 백동주의 눈이 뒤집혔다.

"으아악!"

처참한 비명과 함께 앞으로 꼬꾸라진 백동주를 바라

보는 이혁의 시선에는 감정이 담겨 있지 않았다.

그는 쓰러진 백동주의 품을 뒤졌다.

그가 꺼낸 것은 PMP였다.

-이소영.

불빛 아래 언뜻 드러난 PMP의 뒷면에는 그렇게 쓰여 있었다.

PMP를 호주머니에 넣은 그는 회칼을 들고 쓰러진 사내들에게로 다가갔다.

사내들의 얼굴이 공포로 시커멓게 질렸다.

혁은 한 명의 옷을 팬티만 남기고 모두 벗겼다. 그리고 무표정한 얼굴로 회칼을 휘둘렀다. 회칼을 피한 사내는 한 명도 없었다.

백동주와 같은 꼴이 된 사내들의 입에서 처절한 비명소리가 쉴 새 없이 났다.

저들 중 상처가 낫는다 하더라도 정상적인 생활을 할수 있는 자들은 아무도 없을 터였다.

회칼을 버린 혁은 당구대로 갔다.

이소영의 얼굴을 내려다본 혁의 눈빛이 무거워졌다.

이소영의 눈은 흰 자위가 반 넘게 드러나 있었고, 입가에는 허연 거품이 흐르고 있었다. 기절은 하지 않았지만 정신이 나간 듯한 몰골이었다.

"온전하게 돌아오는 데 오래 걸리지 않기를 바랍니다."

그의 입술 사이로 흘러나온 음성에는 씁쓸한 안타까움이 배어 나왔다.

최대한 빨리 온다고 왔음에도 그는 늦은 것이다.

그는 이소영의 팔다리를 묶고 있던 밧줄을 푼 후 벗겨둔 사내의 옷을 입혔다.

그의 얼굴은 평소의 모습으로 돌아와 있었다.

그는 자신이 개입한 사건에서 이보다 더한 피해자의 모습을 허다하게 보아왔다.

그는 최선을 다했다.

나머지는 그가 아닌 다른 사람들의 몫이었다.

이소영을 업은 혁은 계단이 있는 곳으로 걸어갔다.

막 계단 위에 한 걸음 올려놓던 이혁이 힐끗 뒤를 돌아보았다.

그리고 고통으로 몸부림을 치고 있는 백동주를 향해 심드렁한 어투로 물었다.

"그런데 말이야, 너 왜놈이냐?"

물론, 백동주는 말을 할 수 있는 상태가 아니었기에 대답을 하지 못했다.

밖은 어두웠다.

평소에도 별이 보이지 않는 서울의 밤하늘이지만 오늘은 구름이 달마저 가린 탓에 더 어두웠다.

조만간 비라도 내릴 것 같은 날씨였다.

시간은 새벽 2시에 가까워지고 있었다.

이혁이 나온 건물은 3층까지 올라갔지만 반년 전 건설업자가 부도나면서 공사를 중단했기 때문에 버려진 건물이었다.

주변은 허름한 단독주택들로 둘러싸여 있었다.

간간이 불이 켜진 집들도 있었다. 그러나 골목은 사람의 흔적이 보이지 않았다.

백동주와 부하들의 비명 소리가 꽤 컸는데 그것을 들은 사람은 없는 듯했다.

일이 벌어진 곳이 지하였고 백동주가 평소 즐겨 이용하는 터라 지하실 입구의 철문을 튼튼한 놈으로 바꿔놓은 덕분이었다.

3월 말의 밤바람은 찼다.

긴장해서 흘린 땀이 가죽 잠바의 옷깃을 넘어오는 찬바람에 식는 것을 시원하다고 생각하며 이혁은 주택의 담장이 만드는 더 짙은 어둠을 따라 1백 미터여를 걸었다.

골목 모서리에 숨겨놓은 듯 주차해 있는 검은색 중형

차 한 대가 보였다.

그가 차로부터 3미터 정도 떨어진 곳에 도착했을 때 차의 운전석 뒷문이 열리며 마흔 중반의 중년인 한 명이 구르듯이 뛰어나왔다.

이혁의 어깨에 시선이 못 박힌 중년인의 얼굴은 사색이 되어 있었다.

"소영아… 소영아……."

중년인은 혁에게 다가서지 못한 채 그 말만을 되뇌었다.

어둠 속에서도 그는 이소영의 흰자위가 드러난 눈과 입고 있는 사내옷을 본 것이다.

그는 이소영과 함께 수년간 심층취재를 다녔던 사람이라 어둠 속에서 어렴풋이 한번 본 것만으로도 이소영의 상태를 알아차렸다.

이혁은 이소영을 중년인이 뛰어나와 열린 차의 뒷좌석에 뉘였다. 그리고 호주머니에 PMP를 꺼내어 중년인에게 건네주었다.

중년인은 눈을 크게 떴다.

"이건……?"

"놈들에겐 이제 필요 없는 물건이라 챙겨왔습니다. 직접 없애 버리십시오."

"감사합니다… 감사합니다……."

중년인은 연신 눈물을 흘리며 머리를 숙였다.

잠시 후 조금 진정이 된 듯 중년인은 조심스럽게 이혁을 아래위로 훑어보며 물었다.

"괜찮… 으십니까?"

이소영의 상태를 보고 경황이 없는 와중에도 이혁이 다치지 않았나를 묻는 걸 보면 중년인도 보통 사람은 아니었다.

혁은 고개를 끄덕였다.

긴장이 풀리면서 몸이 뻐근하긴 했지만 다친 곳은 없었다.

그는 중년인을 향해 간단하게 목례를 했다.

"가보겠습니다."

"제 차를 타고 가시는 게……."

말끝을 흐리는 중년인을 보며 이혁은 고개를 저었다.

"이소영 씨는 병원부터 가야 합니다."

그의 말뜻을 대번에 알아들은 중년인은 혁을 향해 깊숙이 허리를 숙였다.

"고맙습니다. 대금은 날이 밝는 대로 보내겠습니다."

비록 돈을 주고 고용한 사람이었지만 위험한 일이었다.

대가를 지불했다 하더라도 이소영을 구해준 고마움은 사라지지 않았다. 더구나 이런 일을 의뢰하기에는 터무

니없이 적은 돈이 아니었던가. 평소 안면이 없었다면 의뢰 자체가 불가능했을 일이었다.

"예."

짤막하게 대답한 이혁은 몸을 돌렸고 곧 골목을 돌아 사라졌다.

잠시 멍하니 이혁의 뒷모습을 보고 있던 중년인은 목덜미를 스치는 서늘한 바람에 정신을 차렸다.

운전석에 앉아 시동을 걸며 그는 뒷좌석으로 고개를 돌렸다. 그의 눈에서 눈물이 흘러내렸다.

"소영아… 미안하다, 미안해……."

정신없이 중얼거리던 그는 기어를 드라이브에 넣고 액셀을 밟았다.

부우우웅.

자동차는 튕기듯이 튀어나갔다.

강북 외곽의 재개발예정지역에서 짧은 시간 동안 일어났던 일은 그렇게 끝났다.

제2장

스르릉.

텅 빈 홀에서 편안한 자세로 책을 읽고 있던 바(Bar)
이시스의 여주인 강시은은 출입문이 열리는 낮은 소리에
고개를 들었다.

조금 어둡다 싶은 조명 아래 성큼성큼 걸어 들어오는
장신의 사내가 보였다.

문을 열고 들어선 사람은 이혁이었다.

그가 들어서자 스무 평밖에 안되어도 그리 좁아 보이
지 않던 바가 가득 찼다.

'몇 시간 못 봤을 뿐인데, 그새 키가 더 컸나? 갈수록 커 보이네.'

싱거운 생각을 하며 그녀는 싱긋 웃었다.

미소와 함께 그녀의 전신에서 느껴지던 분위기, 얼음으로 만든 조각처럼 고고하면서도 차갑지만 한편으로는 사내의 가슴을 단숨에 용광로처럼 달궈놓을 것 같은 섹시함이 사라졌다.

이시스의 여주인 강시은은 사라지고 이혁이 세상에서 유일하게 친인이라 여기는 젊은 여인이 본연의 모습을 드러냈다.

2시에 문을 닫는 이시스엔 시은 혼자뿐이었다.

여종업원들과 바텐더는 이미 퇴근했다.

평소라면 그들과 함께 시은도 퇴근했겠지만 오늘은 기다려야 할 사람, 이혁이 있었다.

맞은편 의자에 털썩 소리를 내며 앉은 이혁은 그녀를 보며 투덜거렸다.

"전혀 걱정한 얼굴이 아닌데, 누나?"

"걔들 정도를 상대하는 일인데 걱정해야 했던 거니?"

"그자들, 사나웠다고."

"너는 더하잖니."

말을 한 강시은은 자신의 말이 우습다는 듯 고개를 젖히고 목젖을 보이며 웃었다.

"하하하하하!"

174센티의, 여자치고는 큰 키에 눈처럼 흰 피부와 조각 같은 이목구비여서 단골들로부터 눈이 부실 정도로 아름다운 여자라는 소리를 심심찮게 듣는 강시은이다.

그녀의 환심을 사기 위해 한 말이라 아부가 섞여 있다는 걸 부정할 수는 없지만 그 표현은 사실에 가까웠다.

어지간한 미모의 여자는 그녀 앞에서 명함도 내밀지 못한다.

지금 그녀는 하늘하늘한 검은 실크 블라우스와 치마를 입고 있어 단골들이 백만 명 중 하나밖에 없을 거라 극찬했던 몸매의 굴곡이 완연했다.

어떤 남자라도 견디지 못할 만큼 유혹적인 외모의 그녀가 숱 많은 긴 생머리가 출렁거릴 정도로 고개를 뒤로 젖히고 목젖을 보이며 사내처럼 웃는 걸 본 이혁은 고개를 휘휘 내저었다.

바 안에 있는 사람은 그뿐이었다.

만약 다른 사람이 있었다면 강시은은 절대로 저렇게 웃지 않았을 것이다.

"누나가 평소 어떻게 웃는지 손님들이 봐야 하는 건데……."

이혁은 혼잣말처럼 중얼거렸다.

"아름다운 여자의 내숭은 무죄라는 거 몰라?"

강시은은 은어처럼 긴 손가락으로 이혁의 이마를 살짝 튕기며 놀리듯이 말했다.

시은처럼 자연스럽게 자기 얼굴에 금칠하는 여자도 정말 드물 것이다.

이혁은 이마를 짚으며 고개를 절레절레 흔들었다.

그는 말로 그녀를 이길 생각 같은 건 애당초 없었다. 가능한 일도 아니었다.

"술 마실래?"

"안 줄 거잖아."

이혁은 눈썹을 찡그리며 말했다.

강시은은 아직도 그에게 장난을 치고 있었다.

알고 지낸 지 1년이 훨씬 넘었지만 이혁의 대모를 자처하는-대모치고는 너무 젊었지만-시은은 그에게 술을 준 적이 한 번도 없었다.

그렇다고 그가 술을 마실 줄 모르는 건 아니었다.

시은 몰래 술을 마신 횟수는 헤아릴 수 없이 많았고, 주량도 상당했다.

"이제는 아예 포기했네? 하하하."

시은은 맞은편에 앉은 이혁과 똑같은 자세를 취하며 말했다.

그를 바라보는 눈길이 부드러웠다.

"미성년자에게 술을 팔면 이시스 문 닫아야 돼."

"내가 미성년자라는 생각을 하긴 하는 거야?"

"아니."

시은은 생각할 여지도 없다는 듯 대뜸 고개를 저었다.

"하지만 민증에 잉크가 아직 안 말랐다는 건 인정하고 있지. 아마 이마에 피도 마르지 않았을걸. 호호호."

놀리는 재미가 쏠쏠한 탓에 시은의 입가에는 미소가 떠나지 않았다. 하지만 더는 큰소리로 웃을 수는 없어 억지로 참자 웃음소리가 이상해졌다.

여전히 웃음이 감도는 얼굴로 시은이 말했다.

"점점 더 마무리가 깔끔해진다는 생각이 들어. 타고난 거 아니니?"

이혁은 시은이 이소영 건의 결과를 보고받았다는 것을 알았다.

그녀의 정보력이 어디서 나오는지는 알 수 없었지만 그 힘이 얼마나 대단한지는 충분하고도 넘칠 만큼의 경험으로 잘 알고 있었다.

스물셋이라는 그녀의 나이로는 가능하지 않은 힘이었다. 그러나 이혁은 그것에 대해 궁금해하지 않았다.

그녀는 믿을 수 있는 여인이었다.

그러면 된 것이다.

"어설프게 손을 썼으면 뒤끝이 만만찮았을 놈들이야."

시은은 고개를 끄덕였다.

맞는 말이었다.

백동주가 멀쩡했다면 그런 일을 저지른 이혁뿐만 아니라 이소영도 무사하기 어려웠다.

이소영이야 당연했고 정면승부라면 누구도 두려워하지 않는 이혁일지라도 등 뒤에 눈이 달려 있지는 않은 것이다.

당하고 보복하지 않는다면 그 업계에서는 밥숟가락 놓아야 한다.

이혁은 시은에게 백동주 일당과 납치된 이소영에 관해서는 아무것도 묻지 않았다.

금기는 아니었지만 정보는 그가 관여할 이유가 없는 부분이었다.

그는 현장을 뛰는 분야에 속해 있지, 그 사안에 대해 정보를 수집하거나 분석하는 분야에 속해 있지 않았다.

"그런데 너 분위기가 너무 무거운걸? 무슨 일 있니? 손쓴 것 때문은 아닌 거 같은데?"

이혁은 평소 있는 듯 마는 듯 조용한 성격이지만 손을 쓸 때는 무섭다. 그리고 의외다 싶을 만큼 냉혹한 구석도 있었고, 감정을 겉으로 잘 드러내지도 않았다.

백동주에게 한 것처럼 가혹하게 손을 쓴 게 이번이 처음도 아니었다.

이번 일이 이혁의 분위기에 영향을 끼칠 만한 일이 아

니었단 뜻이다.

그런 이혁의 분위기가 무거우니 시은은 이유가 궁금했다.

그녀를 물끄러미 바라보며 잠시 침묵하던 이혁이 불쑥 말했다.

"서울을 떠나고 싶어."

가라앉은 음성.

뜻밖의 말이었다.

절로 긴장한 시은의 얼굴에서 웃음기가 사라졌다.

최근 이혁이 가끔씩 멍한 표정으로 하늘을 보곤 하는 걸 알고 있었다. 그러나 왜 그런지는 알지 못했는데 고민의 깊이가 그녀의 생각보다 더 깊은 듯했다.

묻는 그녀의 어투도 자연스럽게 진지해졌다.

"왜?"

"피곤해."

예상치 못한 대답이었지만 시은은 이혁의 말에 담긴 속내를 어렵지 않게 이해했다.

어떤 성인보다도 더 어른스럽다는 생각을 하게 만드는 능력과 분위기, 경험이 있어도 이혁의 나이는 아직 열아홉이었다.

시은은 말릴 수 없다는 것도 직감했다.

이혁은 말수가 적은 대신 입 밖에 낸 말은 무슨 일이

있어도 지켰다.

1년도 훌쩍 넘는 시간 동안 그를 만나면서 시은은 아직 그렇지 않은 경우를 한 번도 보지 못했다.

"어디로 가려고?"

"모르겠어, 아직은."

시은은 손가락으로 자신의 오른쪽 귀를 잡아당겼다.

고민거리가 있으면 나타나는 그녀의 습관이다.

"기간은 얼마나?"

"몰라."

시은은 눈을 가늘게 떴다.

이혁의 선 굵은 얼굴이 눈에 가득 들어왔다.

사내답게 생겼다는 게 어떤 의미인지 궁금한 사람은 이혁을 보면 된다.

시은은 그렇게 생각했다.

생각을 이어가는 그녀의 입술 사이로 들릴 듯 말 듯 가는 한숨이 흘러나왔다.

이혁은 나이와는 전혀 걸맞지 않는 능력을 가지고 있었다.

어떤 무술인지에 대한 질문에는 절대 함구하는 터라 연원을 알 수는 없었다. 하지만 그는 일대일이든 일대다수든 상대를 찾기 힘든 무술실력을 소유하고 있었다. 게다가 일에 임할 때는 나이와 걸맞지 않는 냉철함과 과감

한 상황 판단력, 그리고 탁월한 결단력을 갖고 있었다.

시은의 시선이 이혁의 어깨에 닿았다.

굴강하다는 것이 무엇인지 보여주는 듯한 어깨선.

태산이라도 받칠 듯 단단한 어깨다.

이혁을 바라보는 시은의 눈매가 초승달 모양으로 변했다.

금방이라도 웃음을 터트릴 것 같기도 하고, 음모를 꾸미고 혼자 즐거워하는 듯도 한 그런 눈매였다.

4, 5분 정도 말없이 생각에 잠겨 있던 그녀가 고개를 들었다.

이혁과 마주친 그녀의 눈은 무언가 재밌는 것을 생각해 낸 듯 활어처럼 싱싱하게 번득이고 있었다.

"쉬는 것도 필요하긴 하지. 며칠만 참아."

"왜?"

"너는 좀 분위기를 바꿀 필요가 있어."

"그게 무슨 소리야?"

"기다려."

시은은 입을 꼭 다물고 소리 없이 웃었다.

그 웃음의 의미를 알 수가 없어서 이혁은 불안해졌다.

하는 일과는 전혀 어울리지 않는 시은의 낙천적인 성격과 장난기는 타고난 것이었다.

그 장난기가 예상치 못한 결과로 나타나 그를 곤란하

게 만든 적이 한두 번이 아니다.

"갈게."

"응, 밥상 차려놨으니까 꼭 먹고 자. 남은 거 있으면 알지!"

시은은 눈을 크게 뜨고는 희고 고운 손을 들어 위협적으로 이혁의 눈앞에서 흔들었다.

'위협… 적이네.'

감히 속에 있는 말을 입 밖으로 꺼내지 못한 이혁은 어깨를 으쓱했다.

시은이 구박하기 시작하면 한 시간은 기본이다.

그는 그녀의 손을 낚아채 테이블 위에 조심스럽게 놓았다. 그리고 자리에서 일어났다.

"알았어."

*   *   *

서울 외곽의 개인 병원.

사내는 병실 문을 열고 안으로 들어섰다.

방에는 다섯 개의 침상이 가지런하게 놓여 있었다.

사내는 침상에 누워 있는, 거의 미라에 버금가는 몰골의 백동주와 수하들을 볼 수 있었다.

자신의 침상 옆에서 걸음을 멈춘 사내를 올려다보는

백동주의 얼굴에 진한 두려움의 기색이 떠올랐다.

그의 상체 전체가 붕대에 휘감겨 있었고, 두 다리는 무릎 아래로 깁스를 한 상태였다.

사내가 입꼬리를 말아 올리며 말했다.

"보기 좋군."

"…죄송… 합니다."

"죄송할 거까지야. 그 자리에서 그냥 죽지, 왜 살아 이곳까지 와서 나를 귀찮게 하는 건가?"

백동주의 안색이 새파랗게 질렸다.

"……."

그는 입술만 벙긋거릴 뿐 말을 하지 못했다.

눈앞의 사내에 비하면 그의 잔인함은 어린아이 수준이었다. 사내의 눈 밖에 나면 정말로 죽는다. 그건 의심할 여지가 없는 사실이었다.

그래서일까.

사내를 올려다보며 입술을 여는 백동주의 어조에서 절실함이 느껴졌다.

"기회를, 제게 한 번 더 기회를 주십시오. 반드시 이번 실수를 만회하겠습니다."

사내는 말없이 고개를 모로 눕히고 백동주를 내려다보았다.

꿀꺽!

백동주의 목울대가 움직이는 소리가 났다.

자신의 목에서 들린 침 넘어가는 소리에 화들짝 놀란 백동주의 전신이 돌처럼 딱딱해졌다.

사내의 말려 올라간 입꼬리에 비웃음이 번졌다.

"숨은 쉬어야지. 이 자리에서 죽을 생각인가?"

"예… 예……."

사내는 침상 옆에 놓인 의자를 가져와 앉았다. 다리를 꼬고 의자에 등을 깊이 기댄 사내가 백동주와 시선을 맞추며 입을 열었다.

"이소영은 정신이 나갔어."

"예?"

백동주는 놀라 멍청한 얼굴로 되물었다.

사내는 눈살을 확 찌푸렸다.

백동주는 자신의 실수를 깨닫고 입을 닫았다.

눈앞의 사내는 다른 사람이 자신의 말하는 중간에 끼어드는 것을 병적으로 싫어했다. 그것을 자신의 권위에 대한 도전으로 해석하는 특이한 사고방식을 가진 사내였다.

"죄송합니다."

"한 번만 더 끼어든다면 정말로 죽여주지."

"……."

사내는 뱀처럼 차갑게 번뜩이는 눈으로 백동주를 보며 말을 이었다.

"네 연락을 받은 후 이소영의 소재를 추적했지. 그 계집은 현재 정신병원에 입원해 있다. 의사 말로는 외부의 충격에 정신이 붕괴되었다고 하더군. 언제 치유가 될지 장담할 수도 없는 상태고. 쉽게 말해 그 계집은 백치가 된 거야."

사내의 눈이 번들거렸다.

"무식한 놈. 계집에게서 물건을 얻어내라고 했지, 미치게 하라고 했었나?"

백동주의 얼굴은 사색이 되었다.

"너무 겁먹지는 마라. 아직 너를 죽일 생각은 없으니까. 전화상의 보고로는 부족해서 내가 직접 이곳까지 온 거야. 당시 상황을 구체적으로 말해봐라. 너희를 이렇게 만든 놈에 대해서는 가능한 상세하게."

기회를 얻은 백동주의 입술이 번개처럼 떨어졌다.

그는 자신이 기억하고 있는 그날 밤의 모든 것을 사내에게 말했다.

목숨이 달린 일이라고 생각해서일까.

그의 뇌리에는 평소라면 떠올리지 못했을 것들까지 생생하게 떠오르고 있었다.

백동주의 말이 끝났다.

팔짱을 끼고 눈을 감은 채 묵묵히 귀를 기울이고 있던 사내가 눈을 떴다.

미간을 찌푸린 그가 중얼거렸다.

"이십대 초반의 남자 한 명이라……."

그의 시선이 백동주와 부하들의 상처를 뱀의 혀처럼 훑었다.

"너희를 치료한 의사는 칼을 쓰는 솜씨가 외과의사 뺨치는 놈이라더군. 한 번씩의 칼질만으로 팔과 발의 신경 다발들을 아주 깔끔하게 잘라냈다면서. 이 나라에 그런 솜씨를 가진 칼잡이는 흔치 않지. 게다가 네 말처럼 젊은 놈이라면 더욱."

사내는 자리에서 일어났다.

백동주는 겁에 질린 얼굴로 사내를 보며 물었다.

"저희들은……?"

"기다려라. 네놈들에 대한 처분은 아직 결정되지 않았다."

"예……."

병실 밖으로 나온 사내는 핸드폰을 꺼내 들었다.

[날세.]

중후한 사내의 음성이 전화를 받았다.

수화기 저편에서 사람의 음성이 들려오자 사내는 자세를 바로 했다.

그가 말했다.

"이소영을 정신병원에 입원시킨 건 그 계집과 팀을

이루고 활동하던 놈입니다. 최정환이라는 자죠."

[그래? 조치했겠지?]

수화기 건너편의 음성에 귀를 기울이던 사내가 대답했다.

"최정환은 이미 잡았습니다. 하지만 그는 이소영이 숨긴 자료에 대해 아는 바가 전혀 없었습니다. 거짓은 아니었습니다. 그는 죽는 순간까지도 이소영이 무엇을 얻었는지 알지 못했습니다."

[그 물건에 대해서 아는 자가 있어서는 안 돼.]

"이소영에게 물건을 회수할 수 없다면 그 계집에게서 그 물건에 대한 얘기를 들었을 가능성이 있는 자들을 모두 제거하겠습니다."

[제거? 생각하는 게 고작 그건가!]

"그것이 미봉책이라는 것을 저도 잘 알고 있습니다. 하지만 그렇게 제거하다 보면 튀는 자가 있을 거라는 게 제 판단입니다."

[흠… 물건이 이소영을 구한 자의 손에 들어갔을 수도 있지 않나? 그자에 대해서 알아낸 것은 있는가?]

"짐작이 가는 자가 한 명 있습니다. 최근 해결사 업계에 꽤 솜씨 있는 젊은 녀석 하나가 활동하고 있다는 소문을 들은 적이 있습니다. 주먹과 무기 모두 상당한 수준까지 다룬다고 하더군요. 백동주가 얘기한 놈과 소문의 그 젊은 녀석의 인상착의가 비슷합니다. 저는 그자가 의심스럽습니다."

[반드시 짚고 넘어가야 할 자로군.]

"예. 그자를 포함해 의심스러운 자라면 누구든 조사하겠습니다. 백동주와 수하들은 어떻게 할까요?"

[상태는 어떤가?]

"팔과 다리의 신경이 모두 끊겨서 회복 가능성은 전무합니다. 거두어봤자 손만 갈 뿐 써먹을 수는 없는 자들입니다."

[귀찮군. 자네가 알아서 처리하게.]

"알겠습니다."

전화가 끊겼다.

사내는 잠시 병원복도 천장을 올려다보았다.

그가 천장에서 시선을 뗐을 때 그의 옆에는 흰 가운을 입은 오십대 의사 한 명이 서 있었다.

사내가 의사를 향해 말했다.

"포를 떠. 장기는 알아서 하고. 나머지는 갈아서 돼지밥으로 만들면 흔적이 남지 않아 좋지. 경험도 몇 번 있으니 일처리는 쉽겠지? 생기는 돈은 용돈으로 써라."

의사의 입가에 스산한 미소가 떠올랐다. 그는 혀를 내밀어 입술을 아래위로 훑으며 고개를 숙였다.

"감사합니다. 말씀하신 대로 처리하겠습니다."

사내는 고개를 끄덕이고는 걸음을 옮겼다.

이곳에서의 일은 끝이 난 것이다.

사내가 복도를 돌아 사라지는 것을 본 의사는 힐끗 병실 문을 돌아보았다.

그의 입가에 잔혹한 미소가 떠올랐다.

그의 일은 이제 시작이었다.

*　　　*　　　*

침대가 출렁이는 것을 느낀 이혁은 잠에서 깼다.

눈을 뜨려던 그는 손을 들어 팔뚝으로 눈을 가렸다.

커튼이 활짝 걷힌 창을 통해 쏟아져 들어온 햇볕이 따가웠다.

"웬일로 늦잠이야?"

불과 한 뼘 거리에서 길고 윤기나는 풍성한 머리카락으로 그의 뺨을 간질이고 있었다.

그를 내려다보고 있는 사람은 시은이다.

하긴 이 집 안에 있는 사람이라고 해야 그와 시은밖에 없으니 음성의 주인은 그녀일 수밖에 없다.

그렇기 때문에 그녀가 침대에 걸터앉아 그에게 장난을 치고 있음에도 동물적인 방어감각을 가진 그가 잠에서 깨지 않았던 것이고.

"늦게 잤어."

이혁은 웅얼거리듯 말하며 일어나 앉았다.

반바지만 입고 자는 습관 탓에 탄탄한 근육으로 뒤덮인 그의 상체가 온전히 드러났다.

그의 벗은 상체를 본 시은의 눈이 반짝였다.

그녀는 혀를 내밀어 입맛을 다시며 말했다.

"이런 몸매의 소유자가 열아홉이라고 하면 아무도 안 믿을 거야. 보고 있는 나도 믿기 힘드네."

핥듯이 이혁의 몸을 훑어 내리는 그녀의 시선에는 순수한 감탄이 어려 있었다.

옷을 입었을 때의 이혁은 약간 마른 듯했는데 벗은 몸은 그렇지 않았다.

팔다리는 길었고, 불필요한 근육은 한 점도 보이지 않았다.

보이는 곳은 전부 쇳덩이 같은 근육으로 뒤덮여 있는 그의 몸에서 가장 인상적인 것은 그의 등을 사선으로 가로지르며 구렁이가 기어간 것 같은 흔적을 남긴 30센티 가량의 긴 상처였다.

흉터를 스치는 시은의 눈에 씁쓸한 기색이 어렸다. 하지만 그 기색은 나타나는 것보다 빨리 사라졌다.

이혁은 이불을 옆으로 치우고는 침상가에 앉으며 바닥에 발을 디뎠다.

"심심해? 아침부터 엉뚱한 말이나 하고."

눈을 껌벅이며 시은을 본 이혁의 인상을 쓰며 말을 이었다.

"옷이나 좀 제대로 입고 사람 깨우는 게 어때, 누나?"

"이게 어때서? 편하고 예쁘기만 한데."

시은은 침대에서 일어나 모델처럼 한 바퀴 돌았다. 그리고 양손을 허리에 턱 걸치고 포즈를 잡았다.

이혁은 고개를 내저으며 이마를 짚었다.

시은은 그가 본 어떤 여자보다 아름다웠다. 하지만 그 모습은 난감하기 이를 데 없는 것이기도 했다.

그녀의 흰색 실크 탱크톱 안은 노브라였고, 팬티스타킹이라 불러도 어색하지 않을 흰색 실크 반바지 레깅스 안은 노팬티였다.

안이 보이지 않는다고 해도 윤곽은 선연했다.

재질이 실크 아닌가.

게다가 드러난 우윳빛 살결은 손을 대면 미끄러질 것처럼 맑고 탄력이 넘쳤다.

시은은 거의 벗은 것이나 다름없는 모습으로 그의 앞에서 시위하듯 몸매를 과시하고 있었다.

이혁도 일어났다.

"운동할 때는 좀 다른 거 입고 하면 안 되나?"

시은의 복장은 베란다에 있는 간이 운동기구를 이용한 아침운동용이다.

색깔은 흰색 혹은 푸른색으로 변하곤 했지만 디자인과 재질은 불변이다.

시은이 눈을 동그랗게 떴다.

"왜?"

"정신 사나워."

이혁의 말에 시은은 예의 그 웃음을 터트렸다. 허리에 손을 얹고 가슴을 불쑥 내밀며.

고무공 같은 탄력이 느껴지는 가슴이 출렁거리는 걸 본 이혁은 천장으로 시선을 돌렸다.

시은의 모습은 자극적이었지만 그는 인상을 찡그릴 뿐이었다.

그가 아직 어려서가 아니었다.

그는 세상 어느 사내보다 더 건강했고, 넘치는 힘을 가지고 있었다. 게다가 미추불문하고 여자만 보면 힘이 솟을 나이이기도 했다.

하지만 그에게 있어 시은은 그의 가족, 친누나와 같았다.

가족에게 욕정을 품을 정도라면 인생막장의 정신병자인데 그는 정상이었다.

피 한 방울 섞이지 않은 시은과 같은 미녀를 가족이라

생각하는 그의 정신상태가 정상인지는 따져 볼 여지가
있었지만.

"하하하하하, 너도 이제 사내가 되려나 본데?"

"휴우… 된 지 오래됐어."

"그래? 한번 확인해 볼까?"

시은의 손이 쏜살같이 이혁의 사타구니를 향했다.

질겁한 이혁은 인생 최대의 적이라도 만난 듯 사력을
다해 뒤로 물러났다.

시은의 손길보다 배는 더 빨라서 진짜 번개 같았다.

"하하하하, 어서 씻고 밥 먹어."

시은은 질린 얼굴로 벽에 딱 붙어 석상이 되어버린 이
혁이 귀여워 못 참겠다는 듯 웃으며 방을 나갔다. 언제
나처럼 윙크하는 것도 잊지 않았고.

사내라면 누구라도 녹아버렸을 시은의 모습이었지만
이혁에게는 해당사항이 없는 일이었다.

이혁은 난감한 얼굴로 콧잔등을 찌푸렸다.

그의 기상시간에 심심찮게 벌어지는 일이었다. 하지
만 아무리 반복되는 일이라도 시은의 행동은 영 적응이
안 됐다.

그와 시은이 살고 있는 집은 잠실에 있는 아파트였다.

아파트는 칵테일바 이시스와 1킬로미터도 떨어져 있
지 않아 시은의 출퇴근이 편했고, 평수는 50평이었다.

둘이 살기에는 꽤 넓었는데, 그가 오기 전에는 시은
혼자서 살았었다.

대충 씻은 이혁은 거실을 지나 주방으로 갔다.

평수가 넓은 만큼이나 거실도 넓었다.

그는 사실 이 아파트를 별로 좋아하지 않았다.

집 안에 먼지 한 톨만 있어도 기겁을 할 것 같은 분위
기의 시은은 알고 보면 믿어지지 않을 정도로 게을러서
청소라면 질색을 했다.

반대로 이혁은 결벽증까지는 아니어도 주변이 지저분
하거나 어지러운 것을 무척 싫어해서 두고 보질 못했다.

그러니 이 넓은 아파트를 청소해야 하는 사람은 당연
히 그가 되었던 것이다.

다행히 시은의 음식솜씨는 손에 물 한 방울 묻히지 않
고 컸을 것 같은 외모와는 달리 상당했다.

이혁과 함께 식탁 위의 반찬들을 빠르게 소멸시키던
시은의 숟가락이 움직임을 멈추고 밥그릇 위에 놓였다.

금강산도 식후경이요, 밥 먹을 때 건드리는 놈은 개
값을 물게 해준다는 굳은 신조를 가진 그녀였다.

그래서 식사시간에는 여하한 일이 있어도 동작에 멈
춤이 없는 그녀가 평소 안 하던 행동을 하자 이혁도 숟
가락을 놓았다.

할 말이 있는 듯했기 때문이다.

그는 눈짓으로 물었다.

'왜?'

"복학해."

대뜸 나온 시은의 말은 명령조였다.

"뭐?"

이혁은 어리둥절한 얼굴이 되었다.

이시스에서 시은과 대화를 나눈 지 엿새가 지났다.

말이 있을 거라고는 예상하고 있었지만 설마 복학이라니.

"나 자퇴했어. 잊었어?"

벌써 1년이 넘게 지난 일이다.

시은도 잘 알고 있는 일이었고.

자퇴 후에 만난 사이가 아닌가.

"손써놨어."

이혁의 굵은 눈썹이 일그러졌다.

무슨 말인지 대번에 이해한 것이다.

"쓸데없는 짓을……."

"떠나고 싶다며?"

"그게 왜 학교가 돼?"

"배우는 건 시기가 따로 있어. 놓치면 바보 돼."

"싫어."

"가."

시은은 단호한 어조로 이혁의 반항을 찍어 눌렀다.

이혁의 미간에 깊은 골이 패였다.

아는 사람도 별로 없는 그였지만 그 몇 안 되는 사람 중에서 그의 행동을 제어할 수 있는 유일한 사람이 시은이었다.

이상하게 그는 시은에게 맥을 추지 못했다.

평소 시은의 뜻을 거부할 생각 자체가 별로 안 들었기 때문이기도 했고.

"누나, 공부하고 싶은 생각 없어. 잘 알잖아. 졸업장이 필요한 인생을 살 나도 아니고. 또 필요하다면 검정고시로도 충분해. 솔직히 말해봐. 왜 그래?"

시은의 눈가에 미소가 맺혔다.

"어차피 당분간 너를 쉬게 할 생각이었어. 서울에서 네 적이 생각보다 많아졌거든. 그리고 아직 스물도 안 된 너를 너무 혹사시키는 것 같기도 해서 적어도 고등학교 졸업할 때까지는 네게 더 이상 일을 주지 않을 생각이야."

고등학교 2학년으로 넘어가는 겨울 방학 중 그는 학교를 자퇴했다.

복학한다면 2학년일 테고, 고교 졸업까지라면 아직도 거의 2년이나 되는 시간이 남아 있었다.

짧다고 할 수 없는 시간이다.

"2년씩이나? 당분간이 언제부터 그 정도 기간에 쓰이는 걸로 바뀐 거야?"

"지금부터."

똑 떨어지는 대답.

이혁은 어이없어하며 물었다.

"다른 집행자를 구했어?"

이혁은 조직의 구체적인 사정은 알지 못했다. 알려고도 하지 않았다.

그는 시은을 믿었고, 그로 족하다고 생각했다.

아직 어린 탓도 있었지만 시은이 그를 아낀다는 것, 그리고 그것이 진심이라는 걸 그는 본능적으로 알고 있었다.

그가 알고 있는 것은 시은의 조직이 세 부분으로 이루어져 있다는 정도였다.

시은이 맡고 있는 정보수집과 더불어 의사결정을 하는 파트, 자금관리 파트.

그리고,

집행파트.

그는 집행파트에 속해 있었고, 조직 내에서의 공식명칭은 집행자였다.

몇 명인지 숫자는 알지 못했지만 집행자가 그만은 아닐 터였다. 하지만 많지 않은 것은 분명했다.

그는 일 년여 동안 꽤 바쁘게 일했었다.

집행자들은 암호명이 있다.

시은은 그도 암호명이 있다고 했는데 그것이 무엇인지는 가르쳐 주지 않았다.

그는 지금까지 다른 사람과 함께 일한 적이 없어서 암호명의 필요성을 느낀 적이 없었고, 시은은 업무에 임할 때 필요한 것 이외에는 가르쳐 주는 법이 없었다.

시은은 고개를 저으며 대답했다.

"아니."

"그런데도 여유인걸?"

"하루 이틀 하고 말 일이 아니니까."

시은은 싱긋 웃었다.

이혁의 일그러진 미간은 펴질 줄을 몰랐다.

일을 주지 않는다고 다른 일을 할 생각은 없었다.

형들이 남긴 유산은 적지 않아서 그 혼자만이라면 직업을 갖지 않아도 평생 먹고살 걱정은 하지 않아도 되었다. 그리고 학교에 가라는 걸 거절했다고 시은이 자신을 쫓아내지도 않을 터였다.

입맛을 잃은 그는 멍하니 천장을 올려다보았다.

나무색 물결무늬로 가득 찬 천장은 꽤나 고풍스러웠다. 아파트와 잘 어울린다는 생각은 별로 들지 않았지만.

잠시 후 시선을 내린 그는 시은과 눈을 마주치며 물었다.

"적이 많아졌다는 건 무슨 소리야?"

그에게 당한 놈들 중에 그를 찾는 자들이 있을 수는 있었다. 그러나 그런 자들 정도는 시은의 능력으로 충분히 커버가 되었다.

그녀가 말한 적은 그에게 당한 자들이 아닌 것이다.

"네가 모질게 손을 쓴 건 잘한 일이긴 한데, 당한 녀석들 중 몇 명이 너를 찾고 있어. 여기저기 연줄 찾아 부탁도 하고 있고. 그 연줄 중에는 아무래도 신경 쓸 수밖에 없는 놈들도 있거든."

이혁은 더 묻지 않았다.

시은의 신경을 거스를 정도라면 위험한 자들이라는 뜻이었으니까.

그는 시은이 어느 정도의 힘을 보유하고 있는지 정확하게 알고 있지 못했다. 어렴풋한 짐작일 뿐. 하지만 그가 짐작하고 있는 것만으로도 그녀가 보유한 힘은 간단치 않았다.

웬만한 자들이라면 시은이 이런 말을 할 이유가 없었다.

그의 눈빛이 깊이를 알 수 없는 호수처럼 가라앉았다.

자신이 위험해지는 것은 아무렇지 않았다. 그러나 시은이 위험해질 수 있다면 문제가 달랐다.

관계를 정의하기가 애매하지만 그에게 시은은 가족과

같았다.

그에게 이제는 존재하지 않는 가족……

그는 시은의 제안을 거절하지 못하게 되었다는 것을 인정했다.

"어느 학교야?"

"사비고등학교."

들어본 적이 없는 학교였다.

"이름이 왜 그래? 어디 있는 거야? 충청도?"

서울에 있는 게 위험하다고 한 시은이었다. 게다가 학교 명칭도 사비고.

질문은 당연했다.

시은도 망설이지 않고 고개를 끄덕였다.

"대전이야."

"머네."

"떨어져 있는 게 좋으니까. 도시 자체가 크지도 작지도 않아서 복잡한 일에 휘말릴 가능성도 없고, 사람들 눈에 뜨일 일도 없잖아. 졸업할 때까지 아주 푹 쉴 수 있는 하숙집도 구해줄게."

서울에 비하면 대전은 작은 도시임에 틀림없었지만 그래도 광역시다.

이혁은 시은의 호언장담에 오히려 불안해졌다. 하지만 그녀의 결정에 토를 달지는 않았다.

시은은 일단 결정된 일은 여간해서는 변경하지 않는다.

"며칠 쉴 짬은 있겠지?"

이혁은 일말의 기대를 갖고 물었다.

시은은 일에 관해서는 돌다리도 두들겨 볼 정도로 신중한 성격이다. 하지만 일단 결정된 일에 대해서는 쾌도난마식으로 거침없이 밀어붙인다.

설마 했던 그의 기대는 역시나로 끝났다.

"내일 등교해."

이혁은 등을 의자에 붙이며 축 늘어졌다.

"끔찍하네… 정말……."

그런 그를 보며 시은은 활짝 웃었다.

아주 기꺼운 얼굴로.

"혁아, 내일 수요일인데, 빨간 장미라도 한 송이 사 줄까?"

"됐네요, 아줌마."

"…아… 아줌… 마!"

치명적인 일격을 받은 시은의 얼굴에서 웃음기가 사라지는 데는 0.1초도 걸리지 않았다.

제3장

"아가야, 전화받아라!"

거울 앞에서 교복을 입은 자신을 향해 엄지손가락을 치켜세우던 소녀는 아래층에서 들려온 어머니의 목소리에 눈을 깜박거렸다.

고개를 돌려 벽에 걸린 시간을 보니 이제 아침 7시밖에 되지 않았다.

소녀는 고개를 갸웃했다.

그녀가 아는 한 이 시간에 자신에게 전화를 할 사람은 없었다.

"누군데요, 엄마?"

"네가 너무 반가워할 사람!"

부드러운 중년 여인의 음성을 들으며 소녀는 바쁘게 방문을 열고 아래층으로 뛰어내려 갔다.

그녀의 집은 복층 구조로 1층과는 나선형의 계단으로 연결되어 있었다.

수화기를 귀에 댄 소녀의 얼굴이 봄바람을 맞은 꽃처럼 환하게 밝아졌다.

"언니!"

[잘 지냈어?]

수화기에서 들려오는 음성은 귀를 즐겁게 만들 정도로 맑고 고왔다.

소녀는 상대편이 볼 수 없음에도 힘차게 고개를 끄덕였다.

"예, 잘 지내고 있어요. 언니는요? 보고 싶어요! 안 내려오세요?"

[나도 네가 보고 싶어. 그런데 이곳 일이 너무 많아서 꼼짝을 할 수가 없네. 미안해.]

"바쁘시면 어쩔 수 없죠. 헤헤. 그래도 너무 보고 싶어요. 언제 시간 내셔서 내려오세요. 지윤이도 언니 너무 보고 싶어하는데……."

[서로 연락하며 지내?]

"자주는 못해요. 걔도 고등학교에 올라온 이후로는 너무 바빠서."

[그렇겠지.]

"그런데 웬일이세요, 이 시간에?"

소녀는 눈을 크게 뜨며 물었다. 정말 궁금하다는 기색이 역력한 표정이었다.

대답하는 수화기 너머의 음성에 웃음기가 섞였다.

[부탁 하나 하려고.]

"부탁이요?"

[응.]

"뭔데요? 뭐든 말씀하세요."

소녀는 주먹을 불끈 쥐며 들어 올렸다.

[저번에 네가 다니는 학교가 사비고라고 했지?]

"예."

[며칠 내로 거기에 전학 가는 남학생이 한 명 있을 거야. 걔가 적응할 때까지 좀 옆에서 지켜봐 주지 않겠니?]

"남자 전학생이요?"

소녀는 흠칫했다.

그녀는 수줍음이 많아서 남학생 앞에서는 말도 제대로 하지 못했다.

[그래. 좀 무뚝뚝하긴 해도 속은 착한 애야. 믿음직스

러운 거로는 그 나이대에 비교할 만한 남자가 없을 정도
고. 친해지면 재미도 있을 거야. 어려운 부탁일까?]

소녀는 세차게 고개를 저었다.

성격상 쉬운 일은 아니었지만 부탁한 사람은 그녀가
세상에서 부모님 다음으로 좋아하는 여자였다.

거절할 수 없었다.

"어렵지 않아요. 빨리 적응할 수 있도록 그 남학생을
도울게요."

수화기 너머의 음성이 한층 더 밝아졌다.

[고마워, 채현아. 조만간 한번 내려갈게. 그때 보자.]

"예, 언니. 꼭 내려오셔야 해요!"

[그래.]

전화가 끊겼다.

채현은 전화기를 내려놓았다.

"전학생이라고? 어떤 사람일까……?"

그녀의 눈에 호기심이 가득 차오르고 있었다.

           *   *   *

대전 대덕구의 외곽 지역에 있는 사비고등학교는 해
방 직후 세워진 인문계 학교였다.

지금이야 흔한 게 남녀공학이지만 사비고는 당시에

희귀한 남녀공학으로 시작했고, 지금도 남녀공학이었다.

회의가 끝난 후 호출을 받고 교장실에 들어선 김성호는 교장이 전학생이라고 소개하는 학생을 보며 침을 꿀꺽 삼켰다.

'이 자식 뭘 먹고 이렇게 큰 거야?'

선이 굵은 이목구비와 흔들림 없는 눈동자보다 먼저 그의 눈에 들어온 것은 전학생의 키였다.

170이 안 되는 자신이 올려다봐야 할 정도로 큰 키였다.

키에 비해 약간 마른 몸집이었지만 언뜻 보아도 허약한 것과는 거리가 멀었다.

"인사드려라. 앞으로 네 담임을 맡게 될 3반의 김성호 선생님이시다. 국사를 담당하고 계신다."

"이혁입니다."

어딘지 건조하게 느껴지는 중저음.

자신에게 꾸벅 고개를 숙이며 인사하는 이혁을 보며 김성호는 왠지 기분이 나빠졌다.

전학생의 큰 키가 평생 쫓아다니는 그의 작은 키 콤플렉스를 자극하는 듯해서였다.

그가 보일 듯 말 듯 눈살을 찌푸리며 의자에 앉자 사비고의 절대권력자인 교장 박중만이 서류를 그에게 건네며 입을 열었다.

"김 선생님 반에 보낼 생각입니다. 1년을 쉬어서 다른 아이들보다 나이가 한 살 많으니 적응하는데 시간이 걸릴 겁니다. 경험이 많은 김 선생님 외에 다른 마땅한 사람이 없네요."

서류를 받아 든 김성호의 얼굴에 불편해하는 기색이 스쳐 지나갔다.

박중만의 말은 새로운 전학생이 일 년 꿇고 와서 문제를 일으킬 소지가 있으니 더 관심을 가져야 할 거라는 의미를 내포하고 있었다.

'휴우… 가뜩이나 사고뭉치들이 많은데…….'

김성호는 한숨이 절로 나왔지만 내색을 하지는 않았다.

전학생이 코앞에 있었다.

그 앞에서 달가워하지 않는 기색을 보일 수는 없었다.

초임 때 품었던 사명감은 세월에 부대끼며 흔적도 없이 사라졌지만 그는 자신이 교사라는 것을 한시도 잊어본 적이 없는 사람이었다.

잠시 서류를 훑어본 그가 이혁에게 물었다.

"왜 쉰 거냐?"

서류에는 휴학의 사유가 지병으로 되어 있었다. 하지만 저 덩치에 지병이 있다는 게 실감이 나지 않았다.

"몸이 좋지 않았습니다."

짧은 대답이었다.

'이거 성질 있는 놈 같은데······.'

김성호는 침을 꿀꺽 삼키며 또 물었다.

"어디가 아팠냐?"

"심장입니다."

김성호는 소처럼 눈을 껌벅였다.

심장에 이상이 있다는 놈치고는 너무 건강해 보이지 않는가.

"지금은 괜찮냐?"

"예."

"수술한 거냐?"

답은 그거밖에 없었다.

"예."

예상이 맞은 김성호는 만족스러운 표정으로 고개를 끄덕였다.

질문하며 대충 본 서류상으로 이혁은 그다지 문제가 있는 학생이 아니었다.

그로서는 다행스런 일이었다.

─성적은 중하위.

─성격은 내성적으로 판단됨.

─학업에는 열의가 거의 없음.

-사교성 없음.

-운동능력은 중간.

-사고를 친 적은 없지만 수업시간을 빼먹는 경우는 자주 있음.

'이 정도면 왕따당하지 않았으면 다행이었겠구나.'

김성호는 눈을 들어 이혁을 힐끗 보았다.

'저 덩치면 왕따는 당하지 않았겠다.'

가족 관계는…

그 부분을 읽던 김성호가 다시 고개를 들었다.

"지금 누구하고 살고 있냐?"

"하숙합니다."

이건 사실이 아니었다.

하숙은 할 거지만 아직 하숙집은 구하지 못했다.

오늘 중으로 시은이 하숙집을 구해놓을 것이다.

오피스텔이나 아파트가 아닌 하숙집을 구하는 건 그녀로서도 시간이 걸리는 듯했다.

이것저것 따질 게 많아서이리라.

덕분에 어제저녁 대전에 도착한 이혁은 사비고에서 그리 멀지 않은 곳에 있는 모텔에서 잤다.

시은은 이혁이 혼자 사는 것을 반대했다.

그녀는 그가 평범한 사람들 사이에서 생활하며 졸업

하기를 원했다.

"가족이 있는지 물은 거다."

"없습니다."

"흠······."

김성호는 잠시 침묵했다.

아무래도 한창 예민할 나이의 애들에게 질문하기 껄끄러운 부분이었다.

겉모습만으로는 애로 보이지 않는 이혁이었지만 나이는 어쩔 수 없다.

"어떻게 된 건지 말해줄 수 있냐?"

이혁의 눈빛이 침침하게 가라앉았다. 하지만 그 기색은 곧 사라졌다.

굳이 숨길 일이 아니었다.

세월이 아무리 흘러도 아픔은 가시지 않을 테지만 견딜 만한 정도로 약화되긴 했다.

"부모님은 제가 어렸을 때 사고로 돌아가셨고, 형님두 분도 사고로 돌아가셨습니다."

"왜 대전까지 온 거냐?"

말한 대로라면 누구의 간섭도 받을 일이 없는 이혁이 대전까지 온 것이 궁금했다.

방법만 있다면 무슨 수를 써서라도 서울로 올라가려고 하는 세상이다.

"복잡한 서울이 싫었습니다."

솔직한 대답이라는 생각은 들지 않았다. 그러나 싫다
는 데야 더 물을 것도 없다.

"이혁이다."

이름만 툭 뱉어놓고 천장에 시선을 고정한 채로 멀뚱
히 서 있는 이혁을 보며 김성호는 내심 혀를 찼다.

교실 맨 뒤쪽에 포진하듯 앉아 있는 이상우 일당의 안
색이 굳어지는 걸 본 때문이었다.

그는 눈이 마주친 이상우에게 눈을 한번 부라려 주었
다.

텃세 부리지 말라는 뜻이었다.

이상우는 들릴 듯 말 듯 코웃음을 친 후 이마를 책상
에 박았다.

김성호는 입맛을 다셨다.

어디서나 굴러온 돌은 자리를 잡기 전에 적응과정을
거쳐야 한다.

하루 종일 쫓아다니며 전학생을 보호할 여력 같은 건
대한민국의 교단에 있지도 않다.

적당한 선에서 끝나기만 바랄 뿐이었다. 그리고 이상
우는 똥고집에 불같은 성격이긴 해도 바보는 아니었다.
또 그 뒤에 있는 녀석의 뜻을 거스를 간담을 갖고 있지도 못했고.

"혁이는 몸이 아파서 1년을 휴학했다. 너희들보다 한 살이 더 많고, 그래서 학교에 적응하는데 시간이 걸릴 거다. 너희가 많이 도와주도록."

학생들을 보며 말을 한 김성호가 이혁에게 고개를 돌렸다.

"빈자리 보이지? 저기가 네 자리다."

이혁이 책상들 사이를 걸어가는 동안 학생들은 눈을 반짝이며 그를 보았다.

이혁의 학생 같지 않은 선이 굵은 얼굴, 덩치와는 전혀 이미지 매치가 되지 않는 지병의 경력이 그들을 강하게 자극한 터라 학생들의 시선에는 호기심이 가득 담겨 있었다.

창가 끝의 빈자리로 걸어가 앉은 이혁은 가방을 밑에 놓고 허리를 꼿꼿이 폈다.

어차피 시은에게서 교과서를 아직 받지 못해서 가방을 열 일도 없다.

학교 오늘 길에 빈손은 객쩍어서 시은이 사준 빈 가방을 들고 왔을 뿐이었다.

점심시간이 될 때까지 이혁의 책상 위에 교과서는 물론이고 노트나 연습장 한 번 올라오지 않았다.

화장실 다녀온 한 번을 제외하고는 자리에서 일어난

적도 없었다.

그렇다고 잠을 잔 것도 아니었다.

이혁은 허리를 꼿꼿이 펴고 앉아 시간마다 교체되는 선생들을 눈도 깜박이지 않고 쳐다만 보았다.

그 자세가 묘해서 아무도 그에게 말을 걸지 않았다, 학생들은 물론이고 선생들도.

마흔일곱 명의 학생 중 여학생이 스물셋이었다.

그들을 포함한 대부분이 호기심에 넘치는 시선으로 이혁을 보았다. 그러나 말을 건 사람은 아직 아무도 없었다.

그들처럼 호기심이 많은 나이에서는 정상적인 태도가 아니었다.

이유는 그들보다 이혁에게 있었다.

그들은 이혁에게서 은연중 접근을 거부하는 듯한 느낌을 받고 있었던 것이다.

이혁의 오른쪽으로 책상 두 개 건너 같은 줄에 앉아 있던 이상우가 점심시간 종이 울림과 동시에 책상을 두들기며 웃어댔다.

쾅쾅쾅!

"우하하하하, 골 때리는 놈이 전학 왔어!"

종소리와 함께 자리에서 일어서던 이혁의 시선이 잠깐 이상우를 향했다.

표정 없는 시선이다.

그는 느리지도 빠르지도 않은 동작으로 호주머니에 손을 집어넣고 교실을 나섰다.

그 뒤를 싱글거리는 이상우가 따랐다. 그리고 이상우의 뒤를 평소 실과 바늘처럼 따르는 이정호와 김세욱, 진광태가 건들거리며 따라붙었다.

"야!"

뒤에서 들리는 음성이 교실에서 자신을 보고 웃던 놈의 것이라는 것을 알아차리기는 어렵지 않았다.

이혁은 걸음을 멈추고 뒤를 돌아보았다.

자신보다 키는 조금 작지만 덩치는 좀 더 좋은 거구가, 비슷하거나 더한 거구 세 명을 뒤에 두고 그에게 걸어오고 있었다.

이상우는 벙긋 웃으며 손을 들어 이혁의 어깨를 어깨동무하듯 한번 두드렸다.

"서울에서 왔다며? 1년 꿇었다고 들었다. 형 대접받고 싶은 거냐? 얼래? 왜 대답이 없어? 기분 나쁘냐?"

"대접받고 싶은 생각 없다. 할 말도 없고."

이혁은 귀찮았다.

애들 재롱에 기분 나쁠 것은 없었다. 하지만 전학생의 통과의례라는 게 있다는 걸 모르는 바도 아니었고, 굳이 피할 생각도 없었다.

그렇다고 사고 칠 생각이 있는 건 물론 아니었다.

뻣뻣한 이혁의 대답을 들은 이상우의 눈이 번들거렸다.

"호오. 세게 나오는데? 한 살 많다 이거지? 우리 조용히 대화 좀 해야 쓰겠다, 그치?"

말과 함께 이상우는 이혁을 스쳐 성큼성큼 걸어갔다.

이혁이 따라갈 것인지 말 것인지를 결정하기도 전에 이정호 등이 이혁을 에워싸더니 등을 밀었다.

내심 복학을 지시한 시은을 원망하며 이혁은 이상우를 따라갔다.

사비고는 삼면이 야트막한 야산으로 된 분지 지형에 세워진 학교였고, 야산의 소유주인 사비고 재단이 개발을 하지 않고 있는 터라 나무들이 담장의 역할을 대신했다.

학교 건물 뒤쪽에 있는 화장실과 야산 사이에는 사오십 평 정도 되는 작은 공터가 있었는데 그 공터는 사비고의 일명 범생들에게는 출입금지구역이었다.

여간해서는 선생들도 그곳에는 걸음을 잘하지 않았다.

몰라서 안 하는 게 아니라 포기한 탓이다.

이상우를 따라 화장실을 끼고 돈 이혁은 듬성듬성한 나무로 둘러싸인 공터를 볼 수 있었다.

삼삼오오 모여서 담배를 피우고 있던 남녀학생들의

시선이 일제히 이혁의 얼굴에 꽂혔다.

그들의 숫자는 얼핏 헤아려도 삼십이 넘었다.

덕분에 공터는 너구리 일가족이라도 순식간에 잡을 만한 연기로 가득 차 있었다.

휘이익- 휘이익-

합창하듯 휘파람 소리가 났다.

예상 밖의 이벤트라도 맞이한 것처럼 공터는 한순간 축제분위기가 됐다.

구경 중에 불구경과 싸움구경이 가장 재미있다지 않은가.

더구나 공짜다.

찰나간 공터를 훑은 이혁의 미간에 가는 주름이 잡혔다.

"상우야, 웬 멀대야?"

"그 자식이 새로 전학 왔다는 놈이야?"

"제법 생겼는데 눈빛이 싸가지다. 버릇 좀 고쳐 놔야겠네."

불과 서너 걸음 걷는 동안 별의별 소리들이 다 들렸다.

개중에는 변성기가 막 지난 여학생의 새된 목소리도 적지 않게 섞여 있어서 이혁은 자신을 이런 곳에 던져 넣은(?) 시은을 향한 원망에 다시 한 번 속으로 이를 갈아야 했다.

공터 중앙에 선 이상우가 이혁을 향해 몸을 돌렸다.

뒷짐을 지고 턱을 약간 앞으로 내민 채 이혁을 올려다보는 그의 얼굴은 여유가 넘쳤다.

나름 또래의 자타가 인정하는 주먹이라 다른 곳이었어도 느긋했을 터, 더구나 이곳은 그의 홈그라운드였다.

똥개도 자기 집 안마당에서는 반은 먹고 들어간다.

"몸집을 보아하니 서울에서 좀 놀았나 본데, 그러냐?"

공터에 묘한 긴장감이 흐르기 시작했다.

이혁은 어깨를 으쓱했다.

"안 놀았다."

"혀가 짧네, 죽고 싶냐? 흐흐흐."

"……할 말이 뭐냐?"

굵은 눈썹을 찌푸리며 말하는 이혁의 음성에는 긴장감이 한 올도 엿보이지 않았다. 귀찮다는 기색뿐.

"허, 이 자식이… 바쁘신 이 몸께서 일부러 시간까지 내서 정중히 모시기까지 했는데 감사는 못할망정 개소리네. 뭐 바쁜 일이라도 있는 거냐, 씨벌놈아?"

이혁의 코앞에 얼굴을 들이민 이상우의 눈이 빛나면서 음성이 점점 높아졌다.

열받고 있는 중이라는 걸 알 수 있었다.

이혁은 난감한 얼굴이 되었다.

말로 사람 다루는 전문가는 시은이었지, 그가 아니었다.

사고 치지 말라는 시은의 신신당부가 없었다면 눈앞의 덩치와 이렇게 긴 대화를 나눌 그가 아니었다.

그는 상체를 약간 뒤로 젖혀 이상우의 입과 거리를 벌리며 말문을 열었다.

"배고프다. 점심시간이잖냐."

"쿡쿡쿡."

여기저기서 웃음이 터졌다.

이상우의 얼굴이 홍시처럼 붉게 변했다. 그가 막 발작하려 할 때 이혁이 불쑥 말했다.

"싸우기 싫다. 날 건들지 않으면 쥐 죽은 듯 아주 조용하게 지내겠다."

듣기에 따라서는 느물거리며 성질 돋우는 내용이었다.

평소의 이상우라면 불에 기름을 부은 격의 말이라 주먹이 날아가도 벌써 날아갔을 터였다. 하지만 이상우는 주먹을 날리지 않았다. 아니, 못했다.

이혁의 덤덤한 말투를 들은 순간 몸이 오싹해지며 열이 순식간에 식어버렸기 때문이다.

자신의 상태변화에 당황한 이상우가 잠시 멍해졌다.

겪어본 적이 없는 경험이다.

하지만 이혁의 뒤에 서 있던 김세욱은 이상우와 같은 느낌을 받지 못했다.

눈을 보는 사람과 뒤통수를 보는 사람이 받는 느낌이 같을 수는 없다.

그가 이혁의 오른쪽 어깨를 강하게 낚아챘다.

"이야, 이 새끼 정말 상황파악 못하네. 건들면 니가 어쩔 건데, 씹쌔야!"

그의 말이 진행되는 도중 공터에 갑작스런 바람이 불었다.

"어?"

"뭐… 뭐… 뭐… 나?"

여기저기서 억눌린 신음이 흘러나왔다.

쪼그리고 앉아 담배를 피며 구경을 하던 학생들이 전부 당황한 얼굴로 일어났다.

당사자인 김세욱은 지켜보던 자들보다 더 당황했다.

분명히 이혁의 어깨를 강하게 잡아당긴 건 그인데 언제 자신이 멱살을 잡히고 더구나 허공에 50센티는 떠 있게 된 것인지 알 수가 없었기 때문이다.

시시덕거리며 지켜보던 학생들은 더는 웃지 않았다. 웃을 수가 없었다.

178센티에 120킬로가 넘는 체구로 사비고 오대돈왕(五大豚王)의 한자리에 그 이름도 당당하게 올라 있는

김세욱의 멱살을 한 손으로 잡아들어 올릴 수 있는 사람
이 있을 것이라고는 아무도 상상한 적이 없는 것이다.

자그마치 120킬로였다.

"여… 역도 선수였던 거냐!"

여학생의 목소리였는데 얼마나 놀랐는지 성대가 찢어
지는 것 같은 고성이었다.

이혁은 혀를 차며 김세욱을 내려놓았다. 그리고 양손
으로 자신이 잡았던 그의 멱살 부근 구겨진 교복을 곱게
펴주었다.

톡톡톡.

김세욱은 돌처럼 굳어서 꼼짝도 하지 못했다.

그게 무엇이든 첫 경험은 언제나 너무 아프고 짜릿해
서 정신을 차리기 어렵게 한다.

김세욱의 교복 매무새를 바로잡고 그의 투실투실한
가슴께를 두어 번 쓰다듬은 이혁이 손을 떼며 속삭이듯
이 말했다.

"내 몸에 손대지 마라. 난 남자는 취미 없다."

"푸학!"

"커컥!"

"콜록콜록!"

피우던 담배연기가 기도로 들어간 듯 거친 기침 소리
가 공터 여기저기서 터졌다.

이상우는 어깨를 늘어뜨렸다.

공터에는 이미 긴장감이 사라졌다.

애들 싸움이든 어른 싸움이든 싸움은 일단 기세가 살아야 한다. 그런 기세가 죽어버렸다.

이 마당에 주먹질을 하는 것도 어색한 일이다.

'이 새끼, 정체가 뭐야? 완력이… 세욱이가 힘으로 밀리다니… 평범한 놈이 아니다.'

이상우는 침을 거푸 삼켰다.

무심하게 바라보는 이혁의 시선과 마주친 그의 눈이 옆으로 흘렀다.

마주 보지 못한 것이다.

정체를 알 수 없는 무언가가 이혁의 눈 깊은 곳에 있었다.

진지하게 바라보면 볼수록 가슴을 떨리게 만드는 무언가가.

그는 어렸을 때부터 태권도와 복싱으로 몸을 단련했다.

태권도 공인 3단이었고, 복싱 경력 4년이다.

일대일 싸움이라면 누구한테도 선수를 양보하지 않을 자신과 실력이 있었다. 하지만 힘에서는 김세욱에게 한 수 밀렸다.

김세욱은 유도 2단이다.

그런 그가 장기라고 할 수 있는 근접전에서 상대의 움직임을 제대로 보지도 못한 채 멱살을 잡혀 허공에 들린 것이다.

'내가 세욱이를 한 손으로 들어 올릴 수 있나……?'

이상우는 내심 고개를 저었다.

불가능했다.

하루도 거르지 않고 10여 년 동안 운동을 계속해 온 그가 들어 올렸던 벤치프레스의 최고 무게는 70킬로그램이었다.

그것도 먼저 몸을 풀고 심호흡과 온갖 자세를 잡은 후 두 손을 사용해서야 가능했었다.

예비동작 없이 한 손으로 120킬로그램이라니, 상상도 못할 일이다.

더 위험한 건 이혁이 김세욱의 멱살을 잡고 들어 올리는 일련의 동작들을 바로 코앞에 있던 그가 보지 못했다는 데 있었다.

이혁의 움직임은 소름 끼치도록 빨랐다.

그가 다니는 복싱체육관의 경량급 최고 인파이터 선배도 저렇게 빠르지는 않았다.

단순히 완력만 강한 자가 아니라는 건 의심의 여지가 없었다.

그의 입안이 바짝바짝 말랐다.

'그냥 조질까…… 그런데 힘이 너무 좋아. 빠르고…… 일대일은 좀 위험한데… 어디서 이런 새끼가 튀어나온 거야. 쓰벌, 성깔 있는 놈 같아서 그냥 겁이나 쪼매 주고 애들 앞에서 폼생 좀 해보려고 했는데. 저 자식, 도와주질 않네. 숫자로 밀어버릴까? 아니야, 전학생 한 명을 다구리 놓는 건 너무 쪽팔리는 일이야. 더구나 전학생을 다구리한 걸 영주 형이 알면 곡소리난다. 오늘은 참자. 만에 하나 저 새끼한테 깨지기라도 하면 이상우 인생에 다시없는 오점이 될 거다. 그런 개망신도 없어. 오늘만 날이 아니니까.'

머릿속에서 경고음이 계속 울렸다. 그러나 겉으로는 태연한 자세를 유지했다.

명색이 사비고 2학년을 석권하고 있을 뿐만 아니라 대전 지역 내 인문계, 상고, 공고 포함 고교 2년생 파이터 중 세 손가락 안에 들어간다는 그였다.

공터에 있는 학생들도 학교에서 나대는 축에 속했지만 그들 중 그를 어려워하지 않는 학생은 없었다.

그들 앞에서 약한 모습을 보일 수는 없는 것이다.

다행히도 이혁의 말이 공터의 긴장을 무너뜨린 후라 그는 속마음을 들키지 않을 수 있었다.

이혁의 말과 행동은 일반적인 상식과 거리가 먼 탓에 공터에 있는 학생들은 모두 재밌다는 얼굴이 되어 있었다.

눈을 반짝이며 호감을 드러내는 자들도 여럿이었다.

그중에는 담배를 손가락에 낀 여학생도 몇 명 섞여 있었다.

제대로 상황파악한 건 이상우가 유일했다.

이상우가 똥고집에 불같은 성격이지만 바보는 아니라는 담임 김성호의 평가는 옳았다.

그가 말했다.

"너 정말 아파서 휴학했다는 놈… 맞냐?"

"맞다."

짜증 섞인 대답.

거짓말은 언제나 찜찜하다.

"형 대접은 못해준다."

이혁은 귀찮은 상황까지 가지 않아도 된다는 것을 알았다.

"받을 생각 없다고 했다."

"도전은 용납하지 않는다. 내가 하는 일에 개입할 꿈도 꾸지 마라."

"……."

이혁은 눈살을 찌푸릴 뿐 말이 없었다.

어이가 없어 말을 받아줄 기분도 나지 않았다.

그와 한 살 차이밖에 안 나는데 어쩜 저렇게 유치한 대사를 저렇게나 무게 잡고 말할 수 있는지 이해하기 어려웠다.

들는 것만으로도 그의 팔뚝에 소름이 돋을 정도인 것이다.

고등학생이 할 일이 뭐가 있다고 그가 그런 일에 개입하겠는가.

끽해야 동급생이나 하급생 왕따를 하거나 삥이나 뜯고, 패싸움하는 정도겠지.

앞에 있는 녀석들이 생각보다 더 질이 좋지 않을 가능성도 배제할 수야 없겠지만 설령 그들이 세계정복을 하려 한다고 해도 끼어들 생각은 눈곱만치도 없었다.

그는 자신을 악당이라고 생각해 본 적도 없지만 협객이라고 생각한 적은 더더욱 없었다.

어쨌든 불감청고소원(不敢請固所願)이다.

그가 이상우의 말을 받았다.

"내가 하고 싶은 말이다."

집집마다 적혀 있는 주소를 확인하며 휘적휘적 밤골목을 헤매는 장신의 고교생.

비어 있는 것이 분명한 얇은 가방이 그의 오른쪽 어깨에서 덜렁거렸다.

이혁이었다.

"여기 어딘데……."

그는 손에 든 종이쪽지를 들어 올렸다.

가로등 불빛에 드러난 종이에 적혀 있는 건 달랑 주소 한 줄.

시은이 준 하숙집 주소였다.

사용하던 핸드폰은 없앴다.

아쉬워할 일은 아니었다.

그가 사용했던 건 주기적으로 교체하는 대포폰 중의 하나였으니까.

그가 헤매고 있는 곳은 한남대 부근의 하숙촌이었다.

외지에서 온 대학생들이 많은 터라 하숙집들이 몰려 있는 곳이다.

한참을 더 이리저리 헤매던 이혁의 발걸음이 멈춘 곳은 1.5미터 높이의 담장으로 둘러싸인 2층 단독주택 앞이었다.

담장 안쪽은 마당이었고, 대문과 5미터 정도의 거리를 두고 건물이 있었다.

대지는 100평, 건물은 60평 정도로 보였다. 담장은 넝쿨과 장미나무가지로 뒤덮여 있어 운치가 있었다.

지방이지만 작다고 할 수 없는 주택이다.

명패에는 오정희라는 이름이 한문으로 적혀 있었다.

이혁은 손에 든 종이쪽지를 한 번 더 봤다.

-오정희.

메시지의 주소 끝에 적혀 있는 이름.

제대로 찾아온 것이다.

세를 주는 주택들이 다 그렇듯 이집도 쪽문이 있었다. 하지만 통상 열려 있는 것과는 달리 쪽문은 지금 닫혀 있었다.

이혁은 대문 옆의 초인종을 눌렀다.

[누구세요?]

맑고 고운 음성이 안에서 들려왔다.

"하숙하러 온 학생입니다."

잠시 후 대문을 열고 고개를 내민 사람은 삼십 중반이나 후반쯤 되어 보이는 차분한 인상의 여인이었다.

여인은 젊었을 때는 미인 소리를 제법 들었을 얼굴로 아직도 미모가 남아 있었는데 이혁을 보고는 활짝 웃었다.

"이혁 학생?"

"예."

"생각보다 늦었네요. 어서 들어와요. 시은 씨네 회사 직원이 짐은 다 놓고 갔어요."

여인은 반갑게 이혁을 맞았다.

앞서 걷는 여인은 목까지 오는 생머리에 품이 넓은 편

안해 보이는 흰색 티와 하늘색 플레어스커트를 입고 있었는데 그 나이에서는 쉽게 보기 힘들 만큼 볼륨 있는 몸매의 소유자였다.

그녀의 뒤를 따라 안으로 들어가며 이혁은 생각했다.

'하숙칠 만큼 힘든 집이 아닌 거 같은데? 아줌마도 그렇고…… 뭐, 기왕이면 못생긴 주인아줌마보다야 낫겠지.'

집 안은 밖에서 본 것이 다르지 않았다.

거실은 꽤 넓었고, 주방이 붙어 있었다.

방문은 네 개였는데, 모두 닫혀 있어서 안을 볼 수는 없었다.

인기척이 느껴지지 않는 것이 지금 집에는 여인 혼자 있는 듯했다.

가장 먼저 이혁의 눈에 들어온 것은 주방에 있는 식탁이었다. 길이 2.5미터가 넘고 폭도 2미터 가까이 되었다. 일반 가정집에 있을 만한 식탁이 아니었다.

그의 시선을 느꼈는지 여인은 식탁의 의자를 이혁에게 권하며 말했다.

"예전에 하숙 많이 칠 때 사용하던 건데 아직은 쓸 만해서 계속 쓰는 거예요. 혁이 학생이 왔으니 이 식탁도 그동안 못했던 제 역할을 하게 됐네요."

여인은 냉장고에서 주스를 꺼내 이혁에게 한 잔 따라
주고는 자신도 의자에 앉았다.

"사비고에 전학 왔다고 하던데?"

"예."

"힘들겠네……."

여인의 중얼거림은 작았지만 알아듣지 못할 정도로
작지는 않았다.

이혁의 얼굴에 의아한 빛이 떠오른 것을 본 여인이 당
황한 표정이 되었다.

"어머, 내가 무슨 소리를. 호호호, 저녁은 먹었어
요?"

"간단하게 먹고 왔습니다."

이혁은 저녁을 아직 먹지 않았지만 생판 처음 보는 아
줌마가 지켜보는 가운데 밥을 먹고 싶은 생각은 전혀 없
었다.

"아주머니를 어떻게 부르면 됩니까?"

이혁의 질문을 받은 여인의 눈빛이 반짝였다.

처음 상면한 하숙생에게서 듣기 어려운 질문이었다.

공적인 인간관계를 지속적으로 경험한 적이 없는 사
람이라면 이런 식으로 묻지 않는다는 걸 그녀는 알고 있
었다.

대부분의 하숙생들은 그녀가 호칭을 정정해 주어도

그녀를 아줌마라고 불렀었다.

'특이한 학생인가 봐.'

"예전에 하숙하던 학생들은 날 오 여사님이라고 불렀어요. 호호호."

거짓말이다.

오 여사라고 불렀던 사람은 시은이 유일했다.

다른 하숙생들에게 그녀는 그냥 아줌마였다.

"그럼 저도 그렇게 부르겠습니다."

"편한 대로 해요."

"예, 오 여사님."

이혁은 오정희를 오 여사님이라고 불러준 것이 어떤 영향을 미칠 것인지 생각지 못했다.

자연스러운 절차라고 생각했으니까.

그러나 그가 부른 오 여사님이라는 호칭은 오정희에게 막대한 영향을 미쳤다.

오정희는 선이 굵은 이혁의 얼굴을 보며 싱긋 웃었다.

무뚝뚝해 보이는 얼굴인데 의외로 귀여운 구석이 있었다.

오 여사라고 부르라고 하니까 그대로 부르지 않는가.

'요새 애들이 좋아하는 곱상한 스타일은 아닌데 왜 귀엽다는 생각이 들지? 나이보다 어른스러워 보여서일까?'

시은에게 당한 전력이 충분한 이혁이 그녀의 속마음을 읽을 수 있었다면 기겁을 했을 것이다.

"하숙을 더는 치지 않으려고 했는데, 시은 씨 사촌동생이라고 해서 허락했어요."

"누나를 아십니까?"

"시은 씨가 말 안 했나요?"

오정희는 의아한 듯 되물었다.

이혁은 얼굴을 찡그리며 고개를 끄덕였다.

"몇 년 전에 우리 집에 잠깐 하숙했었어요. 그때 한남대 학생들이 밤새도록 집 앞에 진을 치다시피 해서 아주 고생했었죠. 호호호."

오정희는 그때 일이 생각나는 듯 한참을 웃어댔다.

시은은 사내를 발가락의 때만도 못하게 여긴다. 그런 시은이 자신을 쫓아다니는 사내들의 애간장을 얼마나 태웠을지 충분히 상상이 갔다.

이시스의 단골들 중에 시은 때문에 자살소동까지 벌였던 인간이 한둘이 아니었다.

이혁은 내심 혀를 차며 오정희의 웃음을 끝까지 들어주었다.

'첫인상하고는 좀 다른 아줌마로군.'

그가 오정희에게서 받았던 차분하다는 첫인상은 1분 정도 계속된 그녀의 웃음으로 약간 궤도를 이탈했다.

"하숙생이 혁이 학생 한 명밖에 없으니까 식사는 먹고 싶을 때 말만 하면 돼요. 난 요리가 취미니까 부담스러워하지 말고. 세탁할 것은 저기 욕실 세탁기 앞에 있는 바구니에 놓아두면 되고요. 필요한 거 있으면 어려워하지 말고 언제든지 얘기해요. 있는 동안은 자기 집처럼 편안하게 지내주었으면 해요."

이 정도면 기대 이상의, 부담스러울 정도의 호의였다.

이혁은 타인의 악의도 달갑지 않았지만 호의도 기꺼워하지 않았다.

둘 다 운신을 제약하기 때문이다.

하지만 그가 속으로 어떻게 생각하든지간에 순수한 호의는 그대로 받아들이는 게 앞으로의 하숙생활을 편안하게 만드는 지름길이다.

이 집에서 지내야 할 날들이 하루 이틀이 아니지 않은가.

시은의 마음이 바뀌지 않는 한 남은 세월이 자그마치 2년이었다.

이혁은 고개를 숙였다.

"감사합니다."

"나는 딸이 둘 있어요, 혁이 학생하고 같은 학년인 지윤이가 첫째고, 둘째인 지수는 중3이에요. 둘 다 아직 돌아오지 않았지만 내일 아침에는 만날 수 있을 거예요.

비슷한 또래들이고, 혁이 학생이 이곳에 오래 있을 거니까 서로들 잘 지냈으면 해요. 몇 년 동안 남자가 없던 집이라서 어색해할지 모르지만 착한 애들이라 친해지면 서로 도움이 될 거예요. 지윤이는 공부도 잘하니까."

오정희의 말에 이혁은 그녀의 가정사가 순탄치만은 않다는 것을 눈치챘다. 그러나 묻지는 않았다.

남편의 오랜 부재를 초면에 묻는 건 예의가 아니었다, 사실은 관심도 없었지만.

"예."

이혁은 최대한 표정을 부드럽게 만들려고 노력하며 말했다. 하지만 오정희의 말대로 할 생각은 전혀 없었다.

그는 잘 모르는 사람과 얽히는 걸 별로 좋아하지 않았다.

"따라와요, 방을 안내해 줄게요."

"예."

오정희를 따라 현관을 나서던 이혁은 오정희의 뒤통수에 턱을 부딪칠 뻔했다.

그녀가 갑자기 걸음을 멈췄기 때문이다.

"지윤이 왔구나."

"응."

오정희의 말과 거의 동시에 약간 지친 음성이 들려왔

다.

현관문 앞에서 마주친 여고생은 음성만큼이나 피곤해 보이는 얼굴이었다. 하지만 피로가 그녀의 미모를 훼손하지는 못했다.

현관의 전등 아래 드러난, 눈처럼 하얀 피부의 여고생은 이목구비가 크고 선이 뚜렷해서 정열적이면서도 서구적인 느낌이 났다.

눈이 번쩍 뜨일 만한 미소녀였다.

많이 말라서 몸매의 굴곡이 잘 보이지 않는 게 단 한 가지 아쉬움이라면 아쉬움이었다. 하지만 사내처럼 짙은 눈썹과 강렬한 눈빛이 그녀의 미모에 중성적인 매력을 더했다.

그녀가 사복을 입고 거리를 걸으면 지나가던 사내들의 시선이 자석에 끌린 쇠붙이처럼 따라붙을 것이다.

그녀의 눈이 이혁과 마주쳤다.

놀란 듯 그녀의 눈이 커졌다.

생각지도 못했던 낯선 남학생이 집 안에서 걸어나왔으니 놀라지 않는 게 더 이상할 것이다.

"일찍 왔네? 어디 아프니?"

"아니야, 몸이 그냥 좀 안 좋아서……."

"네게 미처 말하지 못했는데, 오늘부터 2층에서 하숙할 이혁 학생이야. 사비고에 전학 왔어. 너와 같은 2학년이란다. 하지만 몸이 아파서 1년을 휴학했으니 너보다 한 살이 더 많아. 오빠라고 부르면 될 거야. 인사하렴."

"사비고요?"

피로해 보이던 지윤의 눈이 아예 피곤에 잠긴 눈이 되었다.

그녀는 이혁을 흘깃 보며 가볍게 목례를 했을 뿐 말 한 마디 없이 그의 옆을 스쳐 집 안으로 들어가 버렸다.

바보라도 알아차릴 만큼 확연한 무시였다.

더불어 이혁을 오빠라고 부르라던 오정희의 말도 본전조차 건지지 못하고 가뿐하게 무시당했다.

이혁은 가벼운 목례로 그녀의 인사를 받았다.

그는 약간 얼떨떨한 기분이 되었다.

오정희도, 딸이라고 생각되는 여고생도 사비고라는 말을 들은 후의 반응이 영 아니올시다였다.

'건들건들거리는 녀석들 수가 생각보다 좀 많긴 했지만 애들 눈빛이 그리 악하게 느껴지지는 않았었는데…… 평판이 좋은 학교는 아닌가 보군. 누나는 어떤 기준으로 학교를 고른 거야? 쉽게 해준다면서. 누나 말을 믿은 내가 바보지. 으드득…….'

이가 저절로 갈렸다.

시은이 학교를 고른 기준은 단순했다.

도시 중심부에서 가능한 멀리 떨어져 있을 것.

그것 하나였다.

이혁을 위한 다른 안배도 고려하긴 했지만 그것은 기준이라고 할 수 없는 것이었고.

그러니 대전시 경계에 위치하고 있는 한적한 사비고가 선택될 수밖에.

그녀는 이혁이 복학해서 공부를 열심히 할 거라고는 애당초 생각지 않았기 때문에 그가 복학할 학교의 평판은 전혀 고려대상이 아니었고, 당연히 조사하지도 않았다.

게다가 그녀는 정상적인 학교생활을 한 적이 없어서 고등학교는 평판이 좋든 나쁘든 오십보백보이며 학생이 하기 나름이라고 믿는 사람이었다.

그리고 고등학교 수준 따위(?)에서 이혁을 곤란하게 할 정도의 문제가 발생할 가능성은 전무했다.

그녀가 어떤 학교를 고르더라도 이혁은 잘 적응할 터였다.

그렇게 믿는 시은이어서 그녀가 신경 쓴 것은 학교가 아니라 그가 2년 동안 지내야 할 하숙집이었다.

그녀가 하숙집의 십분지 일만이라도 학교에 신경을 썼다면 이혁의 학교는 전혀 다른 곳이 되었을 것이다.

그러나 이혁이 시은의 학교 선택 기준이나 그가 이곳까지 오게 된 과정을 알 턱이 없었다.

그는 그런 것에는 관심이 없었다.

시은이 시키는 대로 따랐을 뿐이었다.

시키는 대로 안 하면 후환이 두려우니 사실상 그에게는 선택의 여지가 없기도 했지만.

이혁은 시작부터 골머리가 지끈거렸다.

그래도 누굴 탓할 수도 없었다.

쉬겠다고 한 것도 그였고, 시은에게 모든 것을 일임한 것도 그가 아니던가.

자업자득이었다.

제4장

'이 자식들이…… 내가 원숭이냐!'

교실에 들어서서 의자에 앉을 때까지 이혁은 전신으로 쏟아지는 눈길을 견뎌야 했다.

이른 시간인데도 빈자리는 거의 보이지 않았다.

학생들 대다수의 시선이 자리에 앉는 그를 향해 있었다. 대놓고 보지는 못하고 힐끔거리는 그 시선들에는 호기심이 가득했다.

하지만 그들 중에 이상우와 세 똘마니의 시선은 포함되어 있지 않았다.

'등교 전인가?'

이곳으로 와서 말을 섞은 녀석들이라고는 그들밖에 없어서인지 이혁의 감각은 그들의 부재를 가장 먼저 알아차렸다. 그러나 그뿐이다. 그들이 늦든 말든 그와는 상관없는 일이다.

그는 자리에 앉자마자 고개를 책상머리에 박았다. 어제와는 완전히 정반대의 자세였다. 동물원의 원숭이를 구경하는 듯 흘깃거리는 시선들은 그가 이제까지 경험해보지 못했던 것이었다.

귀찮기 그지없었지만 힐끔거린다고 쥐어박을 수는 없는 일이다.

그때였다.

"저… 오빠……."

주저하는 기색이 완연하지만 맑은 음성이 옆에서 들렸다.

'오빠?'

이마를 책상 위에 대고 있던 이혁은 고개를 반쯤 돌렸다. 자신을 부르는 소리였다.

같은 학년 같은 반에서 다른 사람을 오빠라고 부르는 경우는 거의 없다. 아주 특이한 케이스였고, 그는 그 특이한 케이스에 속했다.

얼굴이 홍시처럼 붉게 물든 옆자리의 여학생이 그를

보고 있었다.

등허리 중간쯤까지 기른 풍성한 검은 생머리와 큰 눈, 시원시원하지만 선이 고운 이목구비에, 햇빛을 제대로 받지 못한 대한민국 학생 특유의 파리하게 보일 정도로 흰 피부, 그의 옆자리에 앉을 만큼 큰 키, 교복으로 가리는 것이 가능하지 않은 선연한 몸매.

하숙집 딸 송지윤에 버금가는 미소녀였다.

송지윤보다 얼굴선이 완연히 고와서 여성적인 분위기가 강했고, 얼굴의 반은 됨직한 크고 둥근 눈은 겁먹은 사슴을 연상시켰다.

가는 허리와 상대적으로 화려한 선을 그리는 가슴과 힙은 얼굴과는 딴판이어서 몸매만 비교한다면 송지윤보다 한 수 윗길이었다.

하지만 지금의 이혁은 만사가 귀찮은 상태.

더구나 시은의 독보적인 매력(?)에 적응할 대로 적응한 그의 눈에 여고생의 미모 정도가 눈에 들어올 리 없는 일.

어제도 눈에 들어오지 않았던 얼굴이 오늘 들어올 까닭이 없다.

자연히 대꾸하는 그의 음성은 퉁명스러웠다.

"나 불렀냐?"

"예……."

이혁의 눈과 부딪친 여학생의 음성이 모깃소리처럼 작아졌다.

어깨가 움츠러들고 사슴처럼 큰 눈도 살짝 내리깐다.

그들을 흘깃거리던 남학생들의 입에서 숨넘어가는 듯한 신음 소리가 흘러나왔다.

이혁이 슬쩍 둘러보니 남학생들 중에는 벌어진 입에서 침이라도 흘러내릴 것 같은 얼굴들이 여럿이었다.

희미하게 미간을 찡그린 이혁의 시선이 다시 여학생을 향했다.

'이거, 생긴 거하고는 영 딴판이네. 누나가 속한 과(내숭과)인가?'

초절정 내숭 백단의 고수 시은과의 생활은 여자, 특히 아름다운 여자에 대한 그의 불신을 극도로 높여놓았다.

"왜?"

"오늘도 책 안 가져왔어요?"

"응?"

'오늘도? 어제 내가 책을 가져오지 않은 걸 알고 있었나?'

모를 리가 있나.

전학생은 어디서나 초미의 관심사다.

그녀의 말에 어리둥절해하는 듯하던 이혁의 얼굴이 한순간에 일그러졌다.

책상 위는 텅 비어 있었고, 가방은 가벼웠다.

교과서는…

당연히 안 가지고 왔다.

그는 복학하긴 했지만 아직까지 자신의 신분이 학생이라는 자각이 전혀 없었다.

이곳에서의 생활을 꽤 긴 휴가 비슷하게 여기고 있었던 터라 그는 아침에 일어나 오정희가 차려준 밥을 먹은 후 어제 방구석에 던져 놓았던 가방을 그대로 들고 털레털레 학교에 왔던 것이다.

'빌어먹을……'

이혁은 책상 위에 박은 머리를 손으로 감싸 안았다.

전학 둘째 날부터 문제아로 찍히는 건 정말 사양하고 싶었다.

어제야 첫 날이라 책이 없어도 선생들이 이해하고 넘어가 주었지만 오늘은 그냥 넘어가지 않을 것이다.

한 과목도 아니고 전 과목의 책이 없다는 게 담임선생의 귀에 들어간다면 그가 자신을 어떻게 생각할지는 불문가지였다.

"저… 제가 책을 빌려다 줄까요?"

예의 여학생이었다.

"응?"

이혁은 머리를 번쩍 들었다.

구세주였다.

이렇게 고마울 수가.

이혁은 사양하지 않고 정신없이 고개를 끄덕였다.

"그래 주면 정말 고맙겠다."

그의 말에 여학생은 환하게 웃었다.

아이처럼 해맑은 미소였다.

여기저기서 침 삼키는 소리가 요란하게 났다.

여학생이 웃으며 자리에서 일어났을 때서야 이혁은 그녀의 명찰에 눈이 갔다.

–홍채현.

'이름도 예쁘군.'

달갑진 않아도 급할 때 도움의 손길을 내민 사람에게 호감이 가는 건 자연스러운 일이다.

이혁은 시은과 같은 과로 보았던 채현의 첫 이미지를 당분간 보류하기로 했다.

시은 생각을 하며 교실 뒷문으로 나가는 채현의, 키에 비해 가녀린 느낌을 주는 뒷모습을 아무 생각 없이 멍한 눈으로 보던 그의 시선이 정면으로 돌아왔다. 그리고 그는 교실 안의 분위기가 좀 전과는 달리 묘하게 변했다는 것을 깨달았다.

'뭐야 이거? 이 자식들 왜 이렇게 열받았어?'

그를 힐끔거리는 남학생들의 눈에서 불똥이 튀고 있었다.

눈빛만으로 사람을 죽일 수 있다면 그의 전신은 벌집이 되었을 것이다.

채현의 뒷모습에 꽂혔던 이혁의 시선을 오해한 것이 분명했다.

하지만 이유를 알지 못하는 이혁은 내심 고개를 갸웃거렸다.

어제 전학 온 그가 어떻게 채현이와 남학생들 사이에 놓인 그 긴 고통의 세월을 알 수 있으리오.

"저기……."

채현이 떠난 자리를 메운 건 이혁의 바로 앞자리에 앉아 있는 남학생이었다.

키는 이혁보다 약간 작았고 평범한 얼굴이었다.

가늘게 찢어져서 쉴 새 없이 반짝거리는 눈이 영악해 보였다.

상체를 반쯤 이혁을 향해 튼 그는 주저주저하며 말했다.

"채현이하고 아는 사이냐… 요?"

'이놈은 또 뭐냐!'

"한국말 몰라? 말 똑바로 해라."

이혁의 크고 각이 진 눈이 서늘해졌다.

남학생, 장덕성의 얼굴이 바짝 굳었다.

어제 이혁과 이상우 일당이 부딪쳤던 일의 전말을 모르는 학생은 없었다.

학교는 좁은 곳이다.

싸움은 없었다지만 이혁이 멀쩡한 걸 보면 그 상대였던, 황소라는 별명의 이상우가 어떤 형태로든 손해를 보았다는 게 중론이었다.

그 결과로 이혁은 솜씨가 불분명하고 위험한 놈이라는 소문이 났다.

황소 이상우의 싸움 실력은 진짜였기 때문이다.

"채현이하고 아는 사이십니까?"

장덕성의 어투가 확 바뀌었다.

"아니, 이 학교에 와서 처음 봤다."

"그런데 채현이가 왜… 어쨌든 상우하고 영주 형이 알면 시끄러워질 겁니다."

"뭘 알아? 영주는 누구고?"

장덕성의 얘기는 앞뒤가 생략되어 있어서 이해할 수가 없었다.

이혁의 눈매에 주름이 졌다.

짜증이 난 것이다.

표정이 좋지 않은 이혁의 얼굴을 본 장덕성의 얼굴에

서 핏기가 싸악 가셨다.

이혁이 얼굴은 선이 굵고 큼직큼직해서 나이 든 사람들은 사내답게 생겼다고 좋아할 만했다. 하지만 표정이 별로 없는 그 얼굴은 또래에게 다가서기 쉽지 않은 게 사실이었다. 인상 쓸 때는 말할 필요도 없는 일이었고.

'괜히 말 걸었다. 염병하다 뒤집어질. 올해 토정비결에서 입조심하라고 했었는데…….'

대답이 총알처럼 튀어나왔다.

"채현이 말입니다. 상우는 채현이라면 죽고 못 사는데다 영주 형은 채현이 대부나 마찬가지거든요. 그래서 둘은 채현이에게 접근하는 남자를 그냥 놔두지 않습니다."

대부라는 게 무슨 의미인지 의문이 들긴 했지만 돌아가는 사정은 대충 이해되었다.

"…여러 가지들 하는구만."

"……."

장덕성이 말을 못하고 어정쩡하게 이혁을 힐끔거릴 때 채현이 돌아왔다.

"오빠, 여기요. 그리고 이것도요."

채현은 빌려온 교과서와 자신의 연습장을 꺼내어 이혁에게 건네주었다.

"고맙다."

한 마디 하며 채현이 건네준 것을 받으려던 이혁은 절로 한숨을 내쉬었다.

그의 손이 허공에 멈췄다.

'꼬이네⋯⋯.'

이상우와 그 일당이 뒷문으로 들어서고 있었다.

'저 자식, 정말 흥분하는걸⋯⋯.'

어깨를 휘저으며 팔자걸음으로 교실에 들어서던 이상우가 길다가 물벼락이라도 맞은 사람처럼 우뚝 서서 그를 보고 있었다.

이혁과 채현, 그리고 그들의 손에 걸쳐 있는 물건들을 본 이상우의 얼굴이 점차 용광로처럼 달아올랐고, 눈에서는 용암과도 같은 열기가 흘러나왔다.

'판타지냐!'

"너, 이 개새꺄! 내 일에 개입하지 말라고 했던 말을 벌써 잊었냐! 너 조두(鳥頭)야? 하루밖에 안 지났다, 이 씨벌눔아!"

교실이 무너지는 듯했다.

이혁은 손가락을 들어 귀를 막았다.

난감한 기색이 완연했다. 하지만 표정과 달리 그의 눈빛은 얼음처럼 차갑게 변하고 있었다.

이상우가 선불 맞은 멧돼지처럼 달려들고 있었던 것이다.

욕을 참는 건 어렵지 않았지만 맞아주는 건 어려웠다. 여기서 맞아주면 앞으로 지내야 할 날들이 괴로워진다.

'이틀을 못 가는구나……'

이상우의 저돌적인 돌격으로 그와 이혁과의 거리는 찰나지간 사라졌다.

슈욱!

이상우의 주먹이 소나기처럼 쏟아졌다.

흥분하며 달려들었음에도 몸의 균형이 제대로 유지되었고, 주먹에는 무거운 힘이 실려 있었다.

속도 또한 상당해서 눈 한 번 깜박일 동안 두세 번의 주먹이 날아왔다.

어지간한 상대였다면 벌써 쌍코피 흘리면서 드러누웠을 것이다.

하지만 불행하게도 이혁은 어지간한 상대가 아니었다.

상체를 가볍게 비틀어 세 번의 스트레이트와 두 번의 어퍼컷을 간발의 차로 흘린 이혁이 한 걸음 내딛었다.

"헛!"

지켜보던 김세욱과 이정호 등의 입에서 경호성이 터졌다.

금방이라도 꺼꾸러질 것만 같던 이혁이 어느 틈에 이상우의 가슴과 불과 20센티도 안 되는 곳까지 접근해 있었던 것이다.

김세욱 등의 놀람은 그저 놀람에 그쳤지만 이혁의 차가운 눈을 코앞에서 본 이상우의 안색은 똥색이 되었다.

방금 전까지 그의 전신을 뜨겁게 달궈놓았던 분노는 흔적도 없이 사라졌다.

그는 반사적으로 한 걸음 물러서며 오른 주먹으로 이혁의 턱을 올려치고, 왼발로 무릎을 걷어찼다.

적절한 대응이었지만 문제가 있었다.

이혁이 그보다 배는 빨랐던 것이다.

이상우의 주먹이 이혁의 턱에서 한 뼘 정도 떨어진 곳까지 도달했을 즈음 상체를 비스듬히 틀며 쇄도한 이혁의 오른 팔꿈치 끝이 무서운 기세로 이상우의 열린 가슴 한복판을 창처럼 찍었다.

퍽!

"컥!"

이상우가 이혁의 오른 팔꿈치에 명치를 얻어맞고 고개를 숙였을 때 기다렸다는 듯 이혁의 왼쪽 팔꿈치가 반회전하며 도끼로 후려 패듯 이상우의 머리 측면을 강타했다.

자로 잰 듯한 움직임이어서 이상우는 피할 생각을 하지 못했다.

아니, 이혁의 운신은 제대로 보이지 않을 만큼 빨라서 이상우로서는 피하는 것이 가능하지도 않았다.

쾅!

뇌를 뒤흔든 강렬한 타격 덕분에 비명도 지르지 못한 이상우의 몸이 공중으로 50센티가량 뜨더니 뒤로 2미터는 날아갔다.

"어어어!"

"어머나!"

"꺅!"

날아오는 이상우의 덩치에 깔린 남녀 학생들이 연이어 나뒹굴고 책상과 의자가 도미노처럼 넘어지면서 교실의 뒤쪽은 순식간에 난장판이 되었다.

김세욱 등은 일이 너무 빨리 벌어진 탓에 이상우를 도울 찬스를 잡지 못했다.

과연 찬스가 있었다 해도 그럴 능력이 그들에게 있는지는 별개의 문제였지만.

그들이 찬스를 잡지 못한 건 '사실, 당연했다.

싸울 때는 망설이지도 기회를 주지도 않는 이혁의 손속을 그들이 알 턱이 없었다.

몰라서 그들에게 더 불행했던 일은 이혁이 삭초제근, 발본색원의 신념을 가지고 있다는 것이었다.

이혁은 일단 손을 쓰면 현장에 있는 적의 마지막 한 명이 무력해질 때까지 멈추지 않는다.

"히엑!"

얼굴이 새파랗게 질린 이정호의 입에서 괴상한 비명이 흘러나왔다.

이상우를 날려 버린 이혁의 신형이 아직 교실 뒷문에서 벗어나지 못한 그들에게 바람처럼 다가왔기 때문이었다, 그것도 이정호의 정면으로.

고등학교 정도 되면 태권도나 합기도와 같은 무술 1단이나 2단 단증을 갖지 않은 학생은 찾아보기 어렵다.

갈수록 험악해지는 세상에서 제 몸 하나는 보호하라는 뜻으로 부모들이 배우도록 강요하는 것이 호신술인 때문이다.

이정호의 부모 역시 그에 해당했다.

합기도 2단인 이정호는 다가서는 이혁의 복부를 노리고 오른발을 내질렀다.

그는 일단 이혁의 접근을 차단할 생각이었다.

잠깐이라도 시간을 벌면 좌우의 김세욱과 진광태가 그를 도울 터였다.

하지만 심장이 떨어질 만큼 놀라 바짝 얼어버린 상태에서 엉겁결에 내지른 발이 제대로 되었을 리 없다.

그가 어렸을 때부터 골목대장으로 모시며 하늘처럼 믿어온 이상우를 단 두 방에 교실 바닥에 패대기 쳐버린 이혁의 접근은 그에게 공포 그 자체였던 것이다.

이혁은 미끄러지듯이 이정호의 좌전방으로 한 걸음

나가며 그가 내지른 오른발의 발목을 휘어잡아 앞으로
확 잡아끌었다.

휘익―

내지르는 힘에 잡아당기는 힘까지 더해 내던져진 이
정호는 대처할 틈도 없이 가랑이를 일자로 벌리며 주저
앉았다.

"꺼어…… 흐윽!"

이정호의 입술 사이로 쇠를 긁어대는 듯한 신음이 흘
러나왔다. 몸을 풀지 않은 상태에서 강요된 가위 찢기의
고통은 끔찍했다. 그걸로 끝났으면 다행이었을 텐데 이
정호의 불행은 그게 끝이 아니었다.

이혁이 한 걸음 전진한 좌전방은 이정호와 김세욱의
사이였다.

팔 하나 거리까지 접근하며 이정호를 내던진 이혁의
상체는 김세욱의 사정거리 내에 있었다.

'기회! 오늘은 기필코 성공한다!'

김세욱이 이를 갈며 두 손을 뻗었다.

이혁의 멱살이 목표였다.

'잡히기만 하면…….'

그러나 복싱으로 단련된 이상우보다 빠른 몸과 주먹
을 가진 이혁이다.

곱게 잡혀줄 리 만무했다.

몸을 사선으로 비틀며 김세욱의 양손을 가슴 앞으로 흘린 이혁의 오른손이 자신의 가슴 앞에서 균형을 잃은 김세욱의 뒷머리를 단숨에 움켜잡았다.

"어어어!"

목표를 잡지 못한 김세욱의 손이 허공을 휘저을 때 이혁은 김세욱의 뒤통수를 잡아 이정호에게 집어던져 버렸다.

120킬로의 김세욱이 공깃돌처럼 2미터를 수평으로 날더니 가위 찢은 자세로 주저앉아 있는 이정호와 통렬한 박치기를 했다.

쾅!

"우왁!"

"꺼걱!"

괴상한 비명과 함께 두 사람이 널브러질 때 이혁은 벌써 2미터쯤 떨어져 있던 진광태의 앞에 도착해 그의 배에 손을 슬쩍 가져다 대고 있었다.

타격음도 비명도 없었다.

진광태의 입이 벌어지고 눈이 찢어질 것처럼 커졌다.

그의 몸은 폭탄에라도 맞은 것처럼 공중에 10센티는 뜬 채로 뒷문을 통과해 복도에 날아가 떨어져 나뒹굴었다.

그는 복도에 등이 닿기도 전에 기절했는데, 그 순간까

지도 자신에게 무슨 일이 일어났는지 이해하지 못했다.

강한 타격을 받은 적이 없는데 왜 창자가 끊어지는 것처럼 아프고 오장육부가 뒤집힌 것처럼 어지러우며 몸이 허공을 날고 있는지를.

당연한 일이었다.

영화에서도 트릭으로나 볼 수 있는 내가권 최고 경지의 하나인 촌경이 그의 몸을 통해 실제로 구현되었으니 그가 이해하는 것은 무리였다.

촌경은 동양무술을 수련하는 이들에게도 전설이나 다름없는 경지가 아니던가.

…….

적막강산.

'이 사태를 대체 어떻게 수습해야 하나…….'

이혁의 이마에 굵은 땀방울이 삐질삐질 솟아났다.

그는 번개처럼 곁눈질로 교실을 훑어보았다.

남녀를 막론하고 교실에 있는 학생들은 전부 망부석이 되어 있었다, 침을 질질 흘리면서.

앉아 있는 사람은 단 한 명도 없었다.

그가 천천히 몸을 돌리자 교실 안에 태풍이 불었다.

후다닥. 후다닥.

학생들이 무서운 속도로 제자리에 앉으며 일어난 태풍이었다.

그 누구도 이혁을 쳐다보지 않았다.

'환장하겠네······.'

터덜터덜 자리로 돌아온 이혁은 아직까지 채현의 손에 들린 채 허공에 떠 있는 책과 연습장을 잡았다.

덜덜덜덜덜.

책과 연습장은 허공에서 사시나무처럼 떨리고 있었다.

그것을 잡고 있는 채현의 떨림이 그대로 전해진 탓이다. 얼굴도 핏기 하나 없이 하얗다.

이혁의 손이 책에 닿는 순간 채현의 입에서 비명이 터졌다.

"까아악!"

"뭐··· 뭐야?"

화들짝 놀란 이혁이 한 걸음 뒤로 물러섰다.

"흑흑흑······."

채현의 큰 눈에서 닭똥 같은 눈물이 뚝뚝 떨어지고 있었다.

"야··· 야··· 울지 마라. 울지 마, 임마."

이혁은 크게 당황했다.

자퇴하기 전까지 그가 다녔던 중학교와 고등학교는 남고였다.

덕분에 여자라고는 어렸을 때 돌아가신 어머니와 시은밖에 모르는 그다.

여자아이가 울 때 어떻게 해야 하는지 그가 알 턱이
없었다.

"흐으으… 흐으으……."

하늘이라도 무너진 것처럼 서러운 울음소리.

'가족 중 누가 죽었나, 왜 이리 서럽게 울어.'

"채현아… 울음 그치면 안 될까? 뭔지는 모르겠다만
내가 잘못한 게 있으면 사과할게."

'으휴, 아무리 생각해도 내가 너한테 뭔가 실수한 것
같지는 않은데… 너, 대체 왜 우는 거냐? 내숭과인 줄
알았더니 눈물과인 거야? 이 자식, 몸 안에 눈물댐이 있
나…… 홍수 나겠네.'

"……네가 울면 무지개 언덕에 비가 올지도 모른다는
데?"

"……."

정적.

"딸꾹딸꾹."

채현의 어깨 뒤로 막힌 숨을 틔우려 몸을 비트는 학생
들이 여럿 보였다.

하지만 주변 학생들이 어떤 생각을 하든 이혁은 관심
을 가질 형편이 되지 못했다.

채현을 달래는 그는 지금 자기가 무슨 소리를 하는지
도 모를 지경이었기 때문이다.

그의 이마에서 식은땀이 줄줄줄 비 오듯이 흘러내렸다.

재작년 가을 서울의 밤을 사분지 일이나 석권하고 있는 거대조직 태룡회의 행동대와 맨주먹으로 부딪쳤을 때보다 채현의 울음을 달래는 게 백배는 더 힘들었다.

한숨이 절로 나왔다.

사정을 모르는 사람이 보면 그가 채현이에게 무언가 험한 짓(?)을 했다고 보기 딱 좋은 그림이 아닌가.

담임인 김성호가 교실에 들어설 시간이 다가오고 있었다.

난감하기 이를 데 없는 상황이었다.

그때 네 줄 건너에 앉아 있던 여학생 하나가 이혁의 눈치를 보며 조심스럽게 일어나 채현에게 다가오더니 그녀의 등을 쓰다듬으며 살살 달래기 시작했다.

"채현아, 울지 마. 오빠도 사과하잖아."

채현의 울음소리가 잦아들었다.

더는 울지 않았지만 이혁이 의자에 앉기 위해 몸을 조금 움직이자 그녀의 전신이 경기를 일으키는 아이처럼 떨렸다.

"……."

이혁은 내심 혀를 차며 어깨를 늘어뜨렸다.

힘으로 여자를 두렵게 만드는 사내만큼 덜 된 인간은

없다는 게 그의 소신이었는데 자신이 그런 사내가 된 듯했기 때문이다.

이혁과는 달리 별로 어렵지 않게 채현을 달래어 진정시킨 여학생, 이선아는 채현을 자리에 앉힌 후 자기 자리로 돌아갔다.

이혁에겐 놀랍고도 천만다행한 일이었다.

한시름 놓인 이혁은 장덕성을 불렀다.

"덕성아."

그에게 말을 걸어왔을 때 명찰을 읽어둔 덕분이다.

"예, 형님."

장덕성은 파랗게 질린 얼굴로 바람처럼 이혁 앞에 부동자세로 섰다.

이혁을 보는 눈이 놀란 토끼눈이다.

훈련소에 갓 입소한 이등병도 이보단 군기가 덜 들었을 것이다.

혀를 찬 이혁이 이상우 등을 가리키며 말했다.

"쟤들 자리에 앉혀라. 깨어나는데 시간이 걸릴 테니까 그냥 책상 위에 자는 것처럼만 해놔."

이상우 등이 고개를 처박고 있어도 관심을 갖고 깨울 선생들은 없었다.

"알겠습니다."

장덕성의 대답에 교실이 들썩였다.

심호흡으로 어깨를 세우고 가슴을 잔뜩 부풀린 이상우가 이혁에게 다시 접근한 것은 점심시간이었다.

그는 눈을 부릅뜨고 있었는데 겉으로 보기에는 무섭게 화난 듯했다. 하지만 이혁은 이상우의 눈 깊은 곳에 똬리를 틀고 있는 두려움을 단숨에 읽었다.

이상우가 겉으로 화난 것처럼 꾸미고 있는 것은 그렇지 않으면 이혁에게 한 마디의 말도 못할 것 같았기 때문이었다.

"야… 아… 아."

이혁을 부르는 이상우의 음성은 혀 안쪽으로 말려들어 가고 있었다.

말없이 그를 올려다보고 있는 이혁과의 기세싸움은 시작도 하기 전에 그의 완패였다.

밀리는 것이다.

그도 느꼈고, 반에서 숨죽인 채 돌아가는 상황을 주시하던 학생들도 느꼈다.

하지만 기호지세라…….

이상우는 물러날 수 없었다.

아침에 있었던 일은 이미 학교 안에 소문이 다 났다.

이 사태를 수습하지 않으면 그는 이전에 학교 안에서 갖고 있던 위세를 포기해야만 했다.

이를 악문 그가 말했다.

"따라와!"

이혁은 입맛을 다시며 자리에서 일어났다.

이런 종류의 일은 어떤 형태로든 완전히 끝을 보아야
했다. 그렇지 않으면 두고두고 귀찮다.

이상우와 그 일당이 이혁을 포위하듯 에워싸 데려간
곳은 예의 화장실 뒤 공터였다.

그곳은 이혁이 처음 왔을 때와 완전히 다른 분위기였
다.

여학생은 한 명도 보이지 않았고, 안색이 돌덩이처럼
굳은 남학생들로 가득 차 있었다.

삼십 명이 넘는 숫자의 그들은 모두 2학년 배지를 가
슴에 달고 있었다.

이상우는 그들을 뒤에 두고 돌아서서 이혁과 마주섰
다.

이혁은 팔짱을 끼며 짝다리를 짚었다.

의식하지 않은 사이 그의 고개도 모로 꼬였다.

기분이 안 좋을 때 나타나는 그의 습관이다.

돌아가는 꼴이 점점 더 가관이라 그는 내심 고개를 젓
고 있었다.

이상우는 이혁이 전혀 긴장하지 않고 있다는 것을 알
아차렸다.

전이었다면 불같이 화가 났겠지만 지금은 그렇지 않았다.

이미 이혁의 실력을 본 뒤인 것이다.

그는 수십 명에게 둘러싸였으면서도 눈빛 하나 변하지 않는 이혁에게 더 큰 두려움을 느꼈다. 하지만 그는 자신의 감정을 겉으로 드러내지 않았다.

싸우기도 전에 기세에서 진 것을 친구들 앞에서 광고할 필요는 없었다.

그에게도 자존심은 있었다. 게다가 지금 그들은 절대적인 수의 우위에 있었다.

이혁의 싸움 솜씨는 괴물 같았다.

이상우도 그것을 인정했다. 하지만 그는 이혁의 솜씨가 아무리 좋다 하더라도 서른이 넘는 수의 불균형을 넘어설 정도라고는 믿지 않았다.

이혁은 이상우의 눈빛이 변화하는 것을 물끄러미 바라보다가 싱긋 웃었다.

가지런한 흰 이가 슬쩍 드러났다.

그가 말했다.

"옛말에 관을 봐야 눈물을 흘릴 놈이라는 말이 있지."

이상우가 눈살을 잔뜩 찌푸렸다.

"뭔 소린지 모르는 말은 하지 마라."

그가 조금 붉어진 얼굴로 말을 이었다.

"나도 다구리 놓는 건 별로 좋아하지 않는다. 솔직히 쪽팔려. 하지만 솜씨가 좋은 널 혼자서는 상대할 자신이 없다. 이해해라."

"하하하하!"

이혁은 팔짱을 풀며 크게 웃었다.

정말 유쾌해하는 얼굴이었다.

이상우의 단순하다 싶을 정도의 솔직함이 그를 웃게 했다.

자존심을 지키려 이런 상황을 만든 것과 방금 전 한 말은 모순되는 행동이다. 하지만 이상우는 그것을 모르고 있었다. 어리석어서라기보다는 순진하기 때문일 것이다.

이혁은 그렇게 생각했다.

웃음을 멈춘 그가 말을 받았다.

"이해할 상황은 아닌 듯하다만 네가 그렇게 말하니 이해하도록 노력은 해보마."

이상우의 꽉 움켜쥔 주먹이 그의 가슴 앞으로 올라왔다.

이혁은 이상우에게서 눈을 떼고 천천히 그에게 시선을 고정하고 있는 학생들을 훑어보았다.

그와 이상우가 대화를 나누는 동안 그들은 입을 다문 채 끼어들지 않았다.

그의 입가에 희미한 미소가 떠올랐다.

'잡스런 녀석들하고는 다른데?'

침묵하는 학생들에게서는 조폭들에게서나 느껴지던 자제력과 일체감이 느껴졌다.

학생들에게서 느낄 수 있는 분위기가 아니었다.

'상우 녀석은 이런 분위기를 이끌어낼 수 있는 재목으로는 보이지 않고… 영주라는 놈인가? 재미있는 학교로군.'

그가 웃은 이유였다.

입가의 미소를 지운 이혁이 툭 던지듯 말했다.

"내가 갈까? 아니면 너희가 올래?"

그의 말을 기점으로 공터의 분위기가 살벌해졌다.

마주 선 이상우의 뒤에 서 있던 학생들이 말없이 걸어나와 이혁을 포위하듯 에워쌌다.

서른 명이 넘는 학생들이 이혁을 둘러싸자 그의 모습은 제대로 보이지도 않게 되었다.

여유 있게 빛나던 이혁의 눈에서 서서히 감정이 사라졌다.

무심.

그의 호흡이 들릴 듯 말 듯 가늘고 길어졌다.

이상우의 긴장은 극에 달했다.

이혁의 전신에서 흘러나오던 기세가 방금 전 대화를

나눌 때와는 완전히 다르게 변했기 때문이었다.

교실에서 그들을 박살 낼 때의 그 기세다.

난감해하는 듯하지만 그다지 개의치 않는 듯 긴장이 풀린 얼굴.

그에 반해 얼음처럼 차가우면서도 감정을 잡아낼 수 없는 무심한 눈빛.

그리고 절로 전신을 떨게 만드는 위험한 느낌.

그 순간 이혁이 움직였다.

이상우뿐만 아니라 김세욱을 비롯한 학생들은 사비고의 학생조직, 일레븐의 멤버들이었다.

일레븐에는 문과와 이과의 학생들 중 주먹질 좀 한다하는 학생들이 망라되어 있다.

그들은 지금 흥분해 있었다.

이상우와 대화를 나누는 이혁의 태도에서 그들을 겁내는 기색을 전혀 읽을 수 없었기 때문이다.

단 한 명이 수십 명을 무시한 것이다.

그들 중 누구도 이런 상대를 겪은 적이 없었다.

이혁이 보통의 학생과 다르다는 건 그의 태도에서 충분히 읽을 수 있었다.

이상우를 비롯한 네 명이 손 한 번 제대로 써보지 못하고 박살났다는 말도 이미 들었다.

그렇다고 그들이 이상우나 김세욱 등처럼 이혁에게
겁을 먹고 있는 건 아니었다.

이혁이 이상우 등을 쓰러뜨리는 걸 그들은 직접 보지
못했기 때문이다.

직접 본 것과 그렇지 않은 것의 간극은 어마어마하다.
그래서 이혁의 움직임이 시작되었을 때 그의 사방에 서
있던 학생들 중 뒤로 몸을 뺀 사람은 아무도 없었다.

그리고 그들은 그 대가를 치러야 했다.

이혁이 첫 상대로 점찍은 사람은 이상우였다.

이 자리에 있는 학생들의 리더가 그였으니 당연한 선
택이었다.

자신을 향해 움직이는 이혁을 보면서 이상우도 물러
서지 않았다.

맞지 않을 자신은 없었다. 하지만 맞고 다시 기절하더
라도 피하고 싶지는 않았다.

그도 알고 있었다.

마지막 자존심이 무너지는 것보다는 차라리 몸이 아
픈 게 낫다는 것을.

이상우는 주먹을 뻗었다.

오른손 주먹과 왼손 주먹이 연이어 이혁의 얼굴로 날
아들었다. 혼신의 힘을 기울인 타격.

하지만 그 주먹들은 이혁의 상체가 갈대처럼 두어 번

흔들리자 속절없이 허공을 갈랐다.

그리고 이상우의 우측면으로 접근하며 후려친 이혁의 쇳덩이 같은 주먹이 그의 옆구리를 파고들었다.

퍽!

이혁의 주먹이 팔목까지 살 속에 묻히며 이상우의 두 발이 5센티 정도 공중에 떴다.

그 정도의 타격을 받고 배겨낼 재간이 있을 리 없다.

"우엑!"

이상우는 구토를 하며 허공에서 뚝 떨어져 지면을 나뒹굴었다.

새파랗게 질린 안색이 현재 그의 상태를 적나라하게 말해주었다.

스읏.

이상우에게 한 주먹을 먹인 이혁은 상체를 비스듬히 틀었다. 그의 전신으로 쇄도하던 두 개의 발과 세 개의 주먹이 그의 몸을 타고 흘렀다.

이혁은 주먹을 가슴 앞으로 모으며 상체를 숙였다.

복싱의 자세였는데 실제로 그는 복싱을 했다.

원, 투 스트레이트

슉슉─

번개처럼 뻗어나간 그의 주먹이 그를 헛치고 다음 동작으로 들어가던 학생 두 명의 명치에 해머처럼 내리꽂

했다.

그들의 얼굴이 하얗게 질리며 신음도 없이 그 자리에 털썩 주저앉았다.

눈이 돌아간 것이 기절한 모양이었다.

레프트사이드, 라이트사이드.

지면을 미끄러지듯 움직이고 있는 이혁의 발은 스케이트를 신고 얼음 위를 지치는 것처럼 보였다.

버들가지처럼 유연하고 바람처럼 빠르며 자로 잰 듯 군더더기가 없는 몸놀림.

그 움직임을 따라 우박처럼 쏟아지는 학생들의 주먹과 발이 허무하게 허공으로 흘렀다.

그리고 학생들이 다음 동작으로 들어서려는 미세한 변화의 타이밍엔 어김없이 이혁의 주먹이 그들의 몸에 작렬했다.

레프트어퍼, 라이트훅.

복부와 귀밑에 한 주먹씩을 얻어맞은 두 명이 뒤에 버티고 있던 학생들과 엉키며 나뒹굴었다.

비명도 없었다.

그들의 눈도 돌아가 있었다.

두 명의 학생이 쓰러질 때 좌측에 있던 학생이 앞 돌려차기로 이혁의 목 뒤 쪽을 올려 찼다.

주변을 에워싼 학생들 때문에 움직임에 제약이 심한

상태. 이혁의 미간에 가는 골이 패였다.

그는 차오는 상대의 다리를 왼팔로 휘감은 후 상대의 들어 올린 다리와 지면을 디딘 다리 사이로 파고들며 상대의 턱에 통렬한 라이트 어퍼컷을 먹였다.

상대의 몸이 나무인형처럼 뒤로 나가떨어졌다.

그 방향에 있던 학생들 사이에 혼란이 일며 공격이 멈췄다. 하지만 다른 방향에서의 공격은 계속되었다.

등을 걷어지르는 다리를 오른쪽 옆구리로 끼고 반회전하며 하얗게 질린 상대의 목에 칼날과도 같은 왼손 수도치기를 먹인 이혁은 쉴 새 없이 오른쪽 얼굴을 쳐오는 상대의 주먹을 오른손으로 감싸 안은 후 앞으로 당기며 상대의 복부에 해머와도 같은 왼손 훅을 먹였다.

직후 등 뒤에서 양손으로 허리를 잡아오는 상대의 손에 잡혀주며 한 걸음 뒤로 끌려감과 동시에 몸을 90도 각도로 비틀어 왼쪽 어깨로 상대의 가슴에 격렬한 몸통박치기.

쓰러지는 상대의 가슴을 밟고 허공으로 솟구친 그의 두 발이 폭풍처럼 주변을 휩쓸었다.

세 명이 턱이 그의 발끝에 걸렸다.

……

침묵.

흙먼지가 정신없이 일어나던 공터는 바늘 하나 떨어

지는 소리도 들릴 것 같은 정적에 휩싸였다.

5분도 지나지 않았는데 절반이 넘는 열일곱 명이 정신을 잃고 바닥에 누었다.

아직 서 있는 학생들은 이혁으로부터 2미터 이상 떨어져 있었다.

이혁은 가슴 앞에 모았던 주먹을 내리며 한 손으로 이마를 슬쩍 훑었다.

근 열흘 만에 실전을 뛰었더니 땀이 솟아 있었다.

연습보다 못한 실전이긴 해도 사람을 상대하는 건 확실히 연습보다 어렵다. 그러나 그의 모습에서는 여유가 넘쳤다.

대여섯 살짜리 아이들 숫자가 아무리 많아도 성인 남자 한 명을 이기지 못한다.

그와 학생들이 지닌 능력의 차이는 그 만큼 컸다.

그가 긴장할 이유도 전력을 기울일 이유도 없는 것이다.

"…사… 람도… 아니다……."

더듬거리며 말한 학생은 김세욱이었다.

그는 이상우와 그 일당 중 서 있는 유일한 자였는데 그의 전신에는 굵은 소름이 돋아 있었다.

이혁을 보는 것만으로도 전율이 등골을 타고 전신을 치달렸다.

교실에서는 사건이 순간적으로 일어나고 진행되어서 그는 이혁의 움직임을 지금만큼 명확하게 보지 못했었다.

이혁이 그를 보며 피식 웃었다.

"더할 거냐?"

"……."

학생들은 서로의 눈치를 볼 뿐 입을 떼지 못했다.

그들에게서 전의는 찾아볼 수 없었다.

서른이 넘는 숫자로도 어쩔 수 없던 이혁이 아닌가.

반도 안 남은 숫자로 그를 상대하는 건 차라리 서서 그냥 맞는 것보다 못했다.

이혁은 학생들을 둘러보았다.

그들은 그와 불과 한 살밖에 차이가 나지 않는다. 그러나 그가 볼 때는 마냥 어린아이들 같았다.

경험의 차원이 다른 때문이다.

'연장은 그렇다 치고 몽둥이 하나 드는 놈이 없군. 대전이 서울과 거리가 멀어 시류를 잘 모른다 해도 이놈들이 맨주먹 대결을 숭상할 정도로 낭만적이고 순진할 거 같지는 않은데… 영주라는 놈이 그 부분에 대해서 뭔가 통제를 하는 건가? 남영주라… 어떤 놈인지 궁금해지네. 덕분에 상대하기가 쉬웠다. 연장을 들었으면 몇 놈은 심하게 다쳤을 텐데, 다행이야.'

그는 학생들을 미워하지 않았다.

그는 자신의 능력을 알고 있었고, 그것으로 학생들을 어찌하는 것은 힘의 남용이었다.

그는 스스로 생각해도 엉망진창의 세월을 몇 년 보냈지만 아이들 상대로 힘자랑할 만큼 망가지지는 않았다.

아무리 삭초제근, 발본색원의 신념을 갖고 있는 그라 해도 저항의지가 없는 애들을 밟아댈 수는 없는 일이었다. 게다가 그의 앞에 있는 학생들은 적이 아니었으니까.

아침의 경우야 일종의 시범케이스라 좀 과하게 손을 쓴 경우였고.

"더 볼일 없으면 가겠다."

"……"

역시 침묵.

이혁은 호주머니에 손을 집어넣고 신형을 돌렸다.

걸어가며 어깨를 늘어뜨리는 그의 뒷모습은 왠지 기운이 없어 보여 김세욱은 고개를 갸웃했다.

수십 명의 학생을 단신으로 찜 쪄 먹고 돌아가는 사람의 뒷모습으로는 정말 어울리지 않았기 때문이다.

이혁이 무슨 생각을 하고 있는지 그가 어찌 알 수 있으랴.

'아직 영주라는 놈이 남아 있지…… 정말 귀찮네. 빌

어먹을……'

  이상우와 그 일당이 교실에 들어온 것은 5교시가 끝
나고 난 쉬는 시간이었다.

  그들은 있는 대로 인상을 쓰며 교실에 들어왔는데 얼
굴은 멀쩡했지만 걸음걸이가 성치 않은 것이 몸에 이상
이 있음을 누구라도 알 수 있을 정도였다.

  그들은 비틀거리며 교실에 들어와서는 창밖에 시선을
둔 채 약간 멍한 표정으로 앉아 있는 이혁을 한번 힐끗
거리고는 조용히 자리에 앉았다. 그리고 침묵을 유지했
다.

  6교시가 끝난 후 쉬는 시간에 이혁은 이상우와 그 일
당을 손짓으로 불렀다.

  네 사람은 그들이 낼 수 있는 최고의 속도로 이혁의
앞에 나란히 섰다.

  "상우야."

  "……."

  "맞을래?"

  '어디서 이런 괴물이 굴러들어 와서…….'

  "아닙니다… 형님."

  고개를 푹 숙인 이상우의 기세는 확연히 꺾여 있었다.

'후훗. 확실히 애들은 단순해. 서울과 수도권 놈들보다 순진한 듯도 하고.'

서울의 고교생 조직이었다면 뒤를 조심해야 할 상황이었다. 하지만 이상우의 눈빛에서는 뒤끝이 느껴지지 않았다.

"채현이는 그냥 나한테 책을 빌려다 준 거밖에 없다. 성질 좀 죽여라. 제 명대로 못산다."

"……예."

얌전한 범생이 따로 없다.

"그리고 어제 내가 너한테 했던 말은 진심이야. 네가 뭘 하든 난 개입할 생각 없다. 그냥 졸업할 때까지 조용하게 지낼 수 있도록 날 건들지만 마라. 할 수 있겠냐?"

이혁은 조용히 주먹을 들어 보였다.

시은과는 차원이 다른 위협이다.

이상우의 얼굴빛이 시퍼렇게 죽었다.

두 시간이 지났는데도 맞은 부위를 중심으로 퍼져 나간 고통은 전신을 후들거리게 만들었다. 그마저도 이혁이 급소를 피한 덕분이었다. 그렇지 않았다면 공터에는 119가 왔을 것이다.

"옛, 형님. 알겠습니다!"

"소리 지르지 마라. 귀 안 먹었다. 믿어도 되는 거겠지?"

"최선을 다하겠습니다……."

뒤로 가면서 소리가 작아지고 말꼬리가 늘어지는 이상우의 대답은 묘했다.

이혁은 한숨을 내쉬었다.

그는 이것으로 이상우와 얽힌 상황이 끝나기를 기대했지만 자신의 기대대로 상황이 흘러가는 게 힘들다는 것을 알고 있었다. 학교는 좁은 곳이니까.

이상우에게 볼일이 끝난 이혁의 시선이 옆으로 이동했다.

"야, 돼지!"

그가 부른 건 김세욱이다.

한 손으로 자신을 두 번이나 간단하게 허공에 띄운 이혁에게 김세욱은 경외감을 느끼고 있었다.

그것은 두려움과는 약간 다른 어떤 것이었다.

그래서인지 대답하는 그의 음성은 긴장보다는 공손함이 실려 있었다.

물론 장덕성이나 이상우와 마찬가지로 기차화통 삶아먹은 것처럼 크긴 했지만.

"옛, 형님!"

"오늘부터 내 교과서는 네가 책임져라."

"알겠습니다!"

이상우와 그 일당에게서 시선을 뗀 이혁은 교실을 둘

러보았다.

교실 분위기는 그로테스크했다.

학생들은 오전에 교실에서 있었던 싸움을 직접 보았다. 그리고 공터에서 그가 서른이 넘는 일레븐의 2학년 서른 명을 넝마처럼 만들어놓았다는 소문도 들었다.

소문은 과장되게 마련이어서 소문 속의 이혁은 삼두육비의 괴물이 따로 없었다.

아무래도 한마디는 해줘야 할 분위기였다. 그도 이런 공포분위기는 절대 사양이었다.

두려움과 관심은 비례하는 법이니까.

그가 말했다.

"이런 일이 생겨서 너희들에게 미안하다. 난 그저 조용하게 지내다 졸업하길 바랄 뿐이다. 너희에게 피해가 가는 일을 할 생각 같은 건 전혀 없으니까 생활하면서 날 너무 의식하지 않았으면 좋겠다."

시은이 이 자리에 있었다면 놀랐을 것이다. 그만큼 이혁이 말하는 톤은 부드러웠다. 평소와는 천양지차. 그러나 교실분위기는 바뀌지 않았다.

공터에서의 싸움이야 이야기로 전해들은 것이어서 그것을 실감하는 학생은 거의 없었다. 하지만 아침에 그들이 직접 본 일장활극은 고교생이 받아들이기에는 지나치게 자극적이었다.

실제의 싸움에서 이혁처럼 움직이는 사람을 학생들은 처음 본 것이다.

수업이 끝난 후 청소시간.

자리에서 일어서던 이혁은 슬금슬금 옆에 와서 입을 떼지 못하고 얼쩡거리는 이상우를 볼 수 있었다.

"왜?"

"형님을… 만나고 싶어 하는 분이 있습니다."

"누구?"

이상우는 이혁의 눈치를 보며 혀로 입술을 축였다.

자신의 대답에 이혁이 어떤 반응을 보일 지 긴장한 탓에 혀가 바짝 말라 갈라지고 있었다.

"남영주 형님이라고… 사비고 대빵입니다."

"남영주?"

'덕성이가 말했던 자로군.'

이혁은 선선히 고개를 끄덕였다.

"가자."

이상우와 그 일당을 손보면서 어느 정도 예상했던 일이었다. 그리고 어차피 겪을 일이라면 피한다고 될 일도 아니었다. 망설일 이유가 없었다.

이상우가 이혁을 안내하는 것을 본 김세욱 등이 주춤주춤 뒤를 따라붙었다.

이혁은 궁금한 얼굴이 되었다.

이상우는 어제의 공터로 그를 안내하고 있지 않았다. 그는 중앙계단을 통해 3층으로 올라가고 있었다.

사비고는 총 4층 건물이었는데 1층은 식당과 1학년 교실이, 2층은 2학년이, 3학년이 3층을 사용하고, 4층은 전교생이 공유하는 도서관과 여러 동아리 사무실이 있었다.

마치 그가 궁금해하고 있는 것을 알아차리기라도 한 것처럼 이상우가 설명했다.

"우리 학교는 각 학년들마다 그리고 문, 이과 학생들마다 사용하는데 제한이 있는 장소가 몇 군데 있습니다. 벌써 10년도 더 전부터 그렇게 정해져서 내려오고 있는 장소들입니다. 선생들도 그곳은 오지 않습니다. 대신 학생들도 그곳에서는 큰 문제가 발생할 일을 벌이지도 않고요. 가끔 싸움은 해도 심각한 상황까지 가는 일은 일어나지 않습니다. 어제오늘 제가 형님을 모시고 간 공터는 2학년 학생만이 사용할 수 있는 곳이고요."

이상우는 어깨를 늘어뜨리며 한숨을 내쉬었다.

이혁과 공터에서 싸운 사실은 벌써 소문이 날대로 났다.

공터에서의 싸움뿐만 아니라 한 사람을 다구리하는 것은 일레븐이 금지하는 사항이었다.

당시 열이 받을 대로 받아 있던 이상우는 앞뒤 생각하지 않았지만 그 일로 인한 징계는 필연이었다.

그것은 일레븐의 전통을 위반한 행동이었으니까.

이상우는 말을 이었다.

"지금 영주 형님이 기다리시는 옥상은 3학년 외에는 출입이 금지되어 있는 곳입니다."

'…진짜 여러 가지들 하는군.'

생각과는 달리 이혁은 묵묵히 고개만 끄덕였다.

어느 학교든 암묵적으로 전해져 내려오는 전통이 있다. 그것이 좋은 것이든 나쁜 것이든.

이혁은 사비고의 사고뭉치(?)들이 고수하고 있는 전통에 시비를 걸 생각이 전혀 없었다. 오히려 시비 걸어오지 않기를 바라는 형편이 아니던가.

옥상에는 꽤 많은 남녀학생들이 있었다.

구석에 쪼그리고 앉아 엄지와 검지로 꽁초를 잡고 연기를 뿜어대고 있는 학생들도 몇 보였지만 대부분은 편안한 얼굴로 친구들과 대화를 나누고 있었다.

그들은 이상우와 이혁이 옥상에 모습을 보이자 잠깐 호기심 어린 시선을 보냈다. 그러나 그 시선은 오래가지 않았다.

지금 사비고에서 이혁을 모르는 사람은 없었다.

단시간에 이 정도로 유명해진 인물은 아마 사비고 개

교 이래 처음일 것이다.

소문의 주인공 이혁과 2학년 짱인 이상우가 하급생에
겐 금지된 장소인 옥상에 올라왔다는 건 누군가의 허락
을 받았다는 뜻, 학생들은 그 누군가의 정체를 대번에
알아차리고는 이상우와 이혁에 대한 신경을 끈 것이다.

이상우가 찾는 사람은 학교 뒤편의 야산에 가장 가까
운 난간에 팔을 걸친 채 불어오는 맞바람에 몸을 맡기고
있었다.

후리후리한 키에 바람에 흩날리는, 학생치고는 꽤 긴
머리카락을 크고 긴 손가락으로 빗질하듯 쓸어 넘기고
있는 학생은 대단한 미남이었다.

사람을 눈 아래로 보는 듯한 오만한 눈빛이 흠이라면
흠이라고 할 수 있을 정도. 하지만 그의 외모와 분위기
는 압도적이어서 오만한 눈빛조차 자연스럽게 느껴졌다.

그는 혼자였다.

그의 뒤에 도착한 이상우와 그의 일당은 미남의 넓은
등을 향해 넙죽 허리를 숙여 인사를 했다.

"형님, 모시고 왔습니다."

이상우는 바로 등 뒤에 이혁을 두고서 데리고 왔다는
표현을 사용할 수가 없었다.

겁을 먹어서만은 아니었다.

두 번의 얽힘을 통해 그는 이혁의 기세에 심리적으로 압도당하고 있었다.

"모시고… 라……. 흐흐흐."

천천히 몸을 돌려 난간에 등을 기댄 미남고교생, 남영주는 머리를 쓸어 넘기며 재밌다는 듯 낮게 웃었다.

이상우의 얼굴이 붉어졌다.

남영주의 말을 듣고서야 자신의 말에 내포된 미묘한 뉘앙스를 그도 깨달은 것이다.

남영주가 이상우에게 손짓을 했다.

떨어져 있으라는 신호였다.

홍시로 변한 이상우와 그 일당이 10여 미터 떨어진 곳으로 이동하자 이혁은 2미터 정도의 공간을 사이에 두고 남영주를 정면으로 볼 수 있었다.

그의 눈에 똑바로 눈을 맞춘 남영주가 피식 웃으며 물었다.

"솜씨가 괜찮다며?"

비웃음이다.

이상우를 통해 이미 서로를 알고 있는 상황.

소개는 필요 없었고, 남영주도 이혁도 자신을 상대에게 소개할 필요를 느끼지 못했다.

'그리 불량해 보이지 않는 눈인데?'

이혁은 남영주의 첫인상이 생각 밖이어서 조금 놀랐다.

오만하게 그를 바라보는 남영주의 눈빛에는 깊이가 있었다. 사고뭉치들 특유의 번들거리는 눈과는 많이 달랐고, 이상우의 눈과 비교하면 하늘과 땅만큼의 차이가 있었다.

"관심 꺼주면 고맙겠는데."

긴장감이 결여된 덤덤한 어투다. 남영주는 눈치채지 못했어도 진심이 깃든 말이었다.

남영주의 얼굴이 굳었다.

이혁이 1년 꿇었다는 건 이미 알고 있는 사실이라 반말이 기분 나쁠 건 없었다. 하지만 굴러온 돌이 박힌 돌 앞에서 저렇게 평정을 유지하는 건 기분 나빴다. 예의상 조금은 긴장한 척이라도 해야 하는 게 아닌가.

그는 말없이 눈싸움하듯 이혁의 눈을 1분 정도 보기만 하더니 난간에서 등을 떼고 똑바로 섰다.

"조용히 살고 싶다고?"

"맞아."

"진심이냐?"

"무사안일이 내가 바라는 거야. 복잡하게 살 거였으면 대전까지 오지 않았다."

"흠……."

남영주는 눈을 감고 생각에 잠겼다.

이혁에 대한 처리방향은 이미 결정한 상태였다. 그래

서 그는 생각에 잠길 필요가 없었다. 하지만 협상에는
가끔 쇼맨십도 필요하다.

이혁은 드잡이질을 하지 않아도 될 것 같은 분위기가
마음에 들어 남영주의 사색을 방해하지 않았다.

남영주가 눈을 떴다.

"믿어보겠다. 단, 조건이 있다."

"뭐지?"

"졸업할 때까지 상우를 보호해라."

명령조다. 더구나 이해하기 힘든 내용.

"설명해 봐."

이혁의 어투도 남영주와 같아졌다. 표정의 변화는 없
었지만 명백히 불쾌하다는 뜻.

남영주는 피식 웃었다.

하지만 그는 이미 마음을 굳힌 터라 이혁과 쓸데없는
신경전을 벌일 생각이 없었다.

"네가 상우하고 일레븐 후배들을 공개적으로 가볍게
아웃시키는 바람에 내 계획에 중대한 차질이 생겼다. 네
가 알고 그랬는지는 모르겠다만 상우는 사비고 2학년
짱이다. 그런 상우의 리더십이 무너졌어(이상우를 노려
보며 가벼운 한숨). 그렇다 해도 교내에서는 별문제가
발생하지 않겠지만 밖에서는 상우를 무시하는 놈들이 나
올 거다. 도전도 있을 것이고. 내가 졸업하기 전에는 저

녀석의 바람막이 역할을 해줄 테지만 그 이후에는 내부에서도 상우에 대한 도전이 있을 것이다. 네가 상우의 바람막이 역할을 해라."

'고등학생 녀석들 주먹판도 꽤나 복잡하군. 무슨 말인지 이해할 수가 없네.'

이혁은 생각을 잇지 못했다.

마치 독심술로 그의 속마음을 읽기라도 한 것 같은 남영주의 말이 이어졌기 때문이다.

"전학 온 지 며칠 안 되어서 학교 안팎의 상황을 모를 테니 내가 하는 말도 이해가 어려울 거다. 상세한 건 상우한테 들어라. 그리고 덕성이하고 꽤 친해졌다는 얘기가 들리던데 그 녀석을 잘 활용해 봐라. 그놈은 친화력이 좋고 붙임성도 있어서 내외에 친구가 꽤 많아. 필요한 정보를 말하면 놈이 구해다 줄 거다. 두 사람이 도우면 네가 이곳에 빨리 적응할 거라고 생각한다."

"그러니까 네 말은 나보고 상우의 보모 역할을 하라는 거로군."

이혁은 이맛살을 찌푸리며 말했다.

장덕성은 관심 밖이었다.

있는 듯 없는 듯 주목받지 않는 학교생활을 꿈꾸는 그가 왜 정보를 필요로 해야 한단 말인가.

"보모? 으하하하핫!"

남영주는 고개를 젖히고 유쾌하게 웃었다.

"비유가 이상하긴 해도 네 역할의 정의는 맞다. 하겠
냐? 네가 나설 경우는 그리 많지 않을 거다. 상우도 아
주 형편없는 놈은 아니니까. 네가 허락하면 우리의 협상
은 성립되는 것이고, 사비고에서 너를 귀찮게 할 사람은
아무도 없게 될 거다."

이혁은 멀리 떨어진 곳에서 눈을 굴리고 있는 이상우
를 흘낏 보았다.

두 사람이 무슨 얘기를 나누고 있는지 궁금해 죽겠다
는 얼굴이다.

그 얼굴을 보며 이혁은 혀를 찼다.

남영주가 이상우를 떨어져 있으라고 할 때 일말의 불
안을 느꼈었는데 그 불안의 정체가 보모였기 때문이다.

이상우가 들었다면 그의 자존심은 한 줌 먼지가 되었
을 것이다.

이혁이 얼굴을 찡그리며 말했다.

"너무 급하다."

"네겐 선택의 여지가 없을 텐데?"

남영주는 처음의 오만한 눈으로 이혁을 보며 말했다.

승낙하지 않으면 이혁은 원하던 평탄한 학교생활을
포기해야 한다.

적어도 사비고 내에서 남영주는 그렇게 할 수 있는 힘

을 갖고 있었다. 라고 남영주는 생각했다.

이혁의 솜씨가 상상 이상이라고는 하지만 그와 일레
븐이 갖고 있는 힘은 자신감을 가질 만한 것이었다.

한 손이 열 손을 당하지 못한다는 건 고래의 진리다.

물론, 실력이 크게 차이 나지 않을 때라는 전제가 필
요하긴 하지만.

남영주는 다른 하나의 경우는 상상도 하지 못했다.

이혁이 사비고 전체를 뒤집어엎고 힘으로 그의 제안
을 거부하는 경우를.

그게 남영주의 한계였지만 이상한 일은 아니었다.

그가 또래보다 월등한 경험을 갖고 있다고는 해도 그
의 사고와 경험은 고교생이라는 테두리를 넘지 못했다.

"여기 온 지 이제 이틀밖에 되지 않았다."

이혁의 대답에 남영주는 입맛을 다셨다.

그는 몰아붙이는 것도 정도껏 해야 한다는 걸 알고 있
었다. 쥐도 너무 구석으로 몰리면 고양이를 문다. 무서
울 건 없었다. 하지만 이상우와 그 일당을 간단하게 패
대기쳤다는 이혁의 솜씨가 아까웠다.

굳이 선을 넘어 이혁과 같은 실력자를 계륵이 되게 할
필요는 없는 것이다.

"뭐, 시간은 아직 많으니까. 일주일 정도 주면 되
나?"

"……그래."

"결정이 되면 상우에게 말해라."

"그러지."

"그리고…….."

남영주의 눈빛이 쏘는 듯 변했다.

'또 있냐? 적당히 해라.'

"채현이 울리지 마라."

'으휴…….'

입맛을 잃은 이혁은 그날 저녁을 굶었다.

긴 하루였다.

제5장

4월 초의 어느 날, 이시스의 여주인 시은은 아직 해
가 지지 않아 손님이 없는 바를 종업원들과 함께 지키고
있다가 짙은 회색의 바바리코트를 입고 찾아온 손님을
맞았다.

　손님을 맞는 시은의 태도는 술집 여주인으로 다른 손
님을 맞을 때와는 달리 믿기지 않을 만큼 정중했다.

　그는 그녀로부터 그런 대접을 받기에 충분한 자격을
가진 사내였다.

　그녀와 홀의 구석 자리에 마주 앉은 사내는 앞에 놓인
커피가 식어가는 것을 물끄러미 바라볼 뿐 별말이 없었
다.

시은 또한 말없이 그의 침묵에 동조했다.

그렇게 4, 5분 정도가 흐른 후에야 사내, 장석주는 말문을 열었다.

"혁이는 잘 지내고 있나?"

그의 물음에는 근심이 담겨 있었다.

"잘 지낼 거예요."

시은은 빙긋 웃으며 대답했다.

"출구를 찾지 못한 슬픔과 분노가 가슴에 누적되면서 그 녀석의 인생에서 소년 시절이 거세되었어. 나는 그것을 막았어야 했는데 그렇게 하지 못했다. 지하에 계신 그분들이 서운해하실까 두려워."

"오빠가 할 수 있는 전부를 했잖아요. 그분들도 그걸 아실 거예요. 서운해하실 리가 없어요."

장석주는 고개를 저었다.

"분노가 그 아이를 망치고 있다는 걸 알면서도 내가 할 수 있는 일이 거의 없었다……."

그는 탄식하고 있었다.

시은이 탁자 위에 놓인 장석주의 손을 잡았다. 커다랗고 곳곳에 굳은살이 박여 있는 손. 그 손에서 전해지는 장석주의 삶의 무게가 시은을 가슴 아프게 했다.

그녀는 애써 미소 지으며 말했다.

"오빠, 혁이는 아직 스물도 되지 않았어요. 옆에서 지켜봐 왔기에 저는 알아요. 혁이는 어떤 일이 있어도 꺾이지 않을 성정을 지녔다는 걸요. 지금은 분명히 비틀려 있는 게 사실이지만 사람들 사이에서 부딪치며 지내다 보면 혁이의 가슴속에 있는 분노도 조금씩 가라앉겠죠. 가끔은 시간이 유일한 해답인 일도 있잖아요."

"그렇게 되어야지."

장석주는 무거운 음성으로 시은의 말을 받았다.

"오빠, 혁이를 본격적으로 우리 일에 합류시키는 건 어떨까요? 오빠도 혁이의 재능을 인정하고 계시잖아요. 혁이는 제 몫을 충분히 하고도 남을 거예요."

시은은 망설이며 물었다.

벌써 여러 차례 했던 질문이다. 그리고 언제나 대답은 같았다.

장석주는 단호하게 고개를 저으며 말했다.

"안 된다. 혁이가 능력이 있다는 것도 알고, 그분들의 죽음으로 인해 힘들어하는 것도 모르는 바는 아니지만 그렇다고 그 아이를 우리 일에 끌어들일 수는 없다. 우리 일은 위험하다. 혁이가 잘못된다면 난 지하에 계신 그분들을 뵐 면목이 없게 돼. 무엇보다도 혁이는 그 집안에 유일하게 살아남은 사람이다. 그런 그에게 문제가 생긴다면 내가 견딜 수 없을 거다."

"휴우……."

시은은 가늘게 한숨을 내쉬었다.

장석주의 결심은 도저히 깨뜨릴 수 없는, 굳은 반석과 같았다.

"오빠, 혁이를 테스트 과정에 넣은 것은 오빠에게도 그를 우리 일에 합류시키고 싶다는 생각이 조금이라도 있었던 거라고 생각해요. 그에 대한 오빠의 결심이 굳다는 것을 알지만 저는 한 번쯤 다시 생각해 주셨으면 해요."

장석주는 잠시 그녀를 바라보다가 천천히 고개를 저었다.

"내가 녀석을 테스트 과정에 넣었던 것은 혈기를 발산시켜 누그러뜨릴 수 있는 가장 적절한 과정이 그것이라고 생각했기 때문이지, 우리 일에 끌어들이고자 하는 의도가 있었던 건 아니다. 시은아, 그건 이미 결정된 일이다. 더 언급하지 않았으면 한다."

시은은 입을 다물고 장석주를 보았다. 그리고 흠칫했다. 장석주의 눈빛에 그늘이 져 있었다.

지금까지 나눈 대화의 내용과 장석주의 태도는 평소와는 달랐다, 그것도 아주 많이.

시은은 본론으로 들어가야 할 필요를 느꼈다.

"그런데 오늘은 연락도 없이 웬일이세요?"

"꽤 오랫동안 너를 보지 못할 거 같아서 왔다."

"일인가요?"

"음."

"위험해요?"

"음……."

시은의 조각처럼 아름다운 얼굴이 돌처럼 굳었다.

장석주는 자부심이 강하고 그에 걸맞은 능력을 가진 사람이다. 그런 그가 일을 하며 이런 식으로 말을 한 적은 아직 한 번도 없었다, 그녀가 기억하는 한.

그녀는 더 묻지 않았다, 묻는다고 대답할 장석주도 아니었고.

장석주가 일어났다.

"가보마."

"연락, 하실 거죠?"

"힘들 거다. 하지만 노력은 하마."

코트를 집어 들며 시은을 바라보는 장석주의 눈에 망설이는 빛이 떠올랐다. 하지만 그 빛은 나타남과 동시에 사라졌다.

'이번 일은 그분들이 하셨던 일이다. 그래서… 돌아오지 못할 가능성도 배제할 수가 없어. 혁이 녀석을 보지 못한 게 서운하긴 하다만 너를 볼 수 있었으니 그걸로 되었다. 이제 미련은 없다.'

코트를 걸친 장석주는 큰 걸음으로 이시스를 떠났다.

남은 시은의 눈빛이 여지없이 흐트러졌다.

*　　*　　*

왼손 엄지손가락 하나만으로 물구나무를 서서 팔굽혀 펴기를 하던 이혁의 두 다리가 바닥을 밟았다. 그대로 바닥에 가부좌를 튼 이혁은 눈을 반개했다.

격해졌던 호흡이 곧 진정되었다.

자리에서 일어난 그는 천천히 방 안을 움직이며 주먹과 발을 뻗기 시작했다.

유연하고 절도 있다는 것 외에는 그다지 눈에 띄는 것이 없는 평범한 움직임이었다.

하지만 그의 손과 발이 지나가는 공간은 종잇장처럼 찢어졌고, 타격당한 허공의 지점은 무참하게 일그러지며 터져 나갔다.

발과 방바닥의 마찰음조차 들리지 않을 정도로 고요한 움직임.

육중한 침묵 속에서 30여 분이 흘렀다.

"후우……."

탁한 호흡을 뱉으며 자세를 바로 한 이혁은 구석 의자에 걸려 있던 수건을 들어 이마에 솟은 땀을 닦아냈다.

그는 수련을 위한 넓은 공간을 필요로 하지 않았다.

그 수준을 넘어선 지도 1년이 다 되어간다.

수건을 손에 든 그의 표정이 잠시 어두워졌다.

'스승님…….'

그는 이를 악물었다.

'그렇게 날 믿고 기대하셨는데…….'

그는 눈을 감았다.

1년 반 전 돌아가신 스승의 온화한 눈이 바로 앞에서 자신을 보는 것 같은 느낌을 견딜 수가 없었기 때문이다.

스승이 살아 있었다면 그의 삶은 지금과 많이 달랐을 것이다.

'뵌 적은 없지만 사백께서 계시다고 하셨으니 맥은 이어진다.'

그가 할 수 있는 유일한 위안이었다.

고개를 흔들어 상념을 털어버린 그는 수건을 들고 방을 나왔다.

2층에는 거실을 중심으로 방이 네 개가 있었고, 그의 방 맞은편에 욕실이 있었다.

하숙집은 1층과 2층에 욕실이 따로 있었다. 그래서 이혁은 식사 시간 외에는 주인집 식구들과 마주칠 일이 없었다.

번거로운 걸 싫어하는 그에게는 최적의 환경이라 할

수 있었다.

쏴아아아—

쏟아지는 샤워기의 물에 전신을 맡긴 이혁은 인상을 찡그리며 생각에 잠겼다.

남영주와 만난 후 사흘이 지났다.

그동안 그는 이상우와 장덕성을 통해 필요로 하는 정보를 얻을 수 있었다.

그 정보를 토대로 얻은 결론 때문에 그의 얼굴이 일그러졌던 것이다.

'꼴통스럽긴 해도 보기 드문 놈이기는 한데…… 왜 내가 그런 얼치기 녀석과 얽혀야 하는 거냐. 으휴…….'

황홀한 표정을 지으며 말했던 장덕성과 이상우의 표현을 그대로 빌리자면 사비고를 장악하고 있는 학생조직, 일레븐의 대빵(?) 남영주는 이 시대에 남은 건달계의 마지막 이상주의자였다.

하지만 그건 그들이 볼 때 그렇다는 것이고, 이혁이 볼 때 남영주는 아직 세상 무서운 걸 모르는 낭만파 얼치기였다.

남영주의 집안은 충청도에서 손가락 안에 꼽히는 거부였는데 해방 직후 만주에서 독립운동을 하다가 귀국한 할아버지 때부터 부동산을 통해 부를 축적했다고 했다.

그런 집안의 종손이자 오대독자로 태어난 남영주는 이혁이 본대로 대단한 미남에 머리도 좋고 운동능력도 뛰어난 데다 사람을 끄는 매력도 있는, 말 그대로 팔방미인이었다.

그는 중학교 때부터 싸움꾼으로 명성을 날렸고, 사비고에 입학할 무렵에는 대전 지역의 또래들 사이에서 첫째 둘째를 다투는 학생주먹이 되었다.

중학교 졸업할 때까지 전교 3등 안에 드는 성적을 유지했을 뿐만 아니라 얼마든지 뒤로 손을 써서 훨씬 나은 학교에 들어갈 수도 있었던 그가 대전에서도 꼴통들 많기로 소문난 사비고에 입학한 이유는 아직도 많은 학생이 궁금해하는 것이었지만 어쨌든 그는 사비고에 들어가 2학년이 되었을 때 자신의 꿈을 실현하기 위해 뛰기 시작했다.

그가 가장 먼저 한 일은 2학년 이하에서 속칭 일진이라 불리는 학생들이 일반 학생들을 대상으로 하는 삥이나 왕따, 폭력과 같은 일체의 행위를 금지시킨 것이었다.

그 때문에 그는 같은 학년의 도전뿐만 아니라 3학년 선배들과도 무수한 싸움을 해야 했다고 한다. 그리고 그 싸움은 남영주의 승리로 끝났다.

그는 뛰어난 주먹 실력과 카리스마가 있었고, 그의 주

변에는 그의 명분을 지지하며 3학년과의 싸움을 마다하지 않는 친구와 후배들이 많았다.

대내외적으로 '사비고의 하극상'이라고 알려진 남영주의 쿠데타가 학기 초 두 달에 걸친 치열한 싸움 끝에 그의 승리로 끝났지만 그의 시련이 모두 끝난 건 아니었다.

3학년을 무력으로 침묵시킨 그는 학교 내 학생들 간의 괴롭힘뿐만 아니라 사비고 학생들에 대한 타 학교 학생들의 삥이나 폭력과 같은 괴롭힘을 용납하지 않겠다는 걸 대외적으로 선언했고 실행에 옮겼던 것이다.

당연히 그의 움직임은 여러 학교의 일진들을 자극했고, 커다란 반발을 불러일으켰다.

사비고 하나에서 시작된 것이지만 남영주의 명분에 동조하는 학생과 학교가 늘어나는 것은 다른 학교의 일진들에게 용납할 수 없는 일이었던 것이다.

일진들의 가장 큰 수입원과 재미를 박탈한 남영주는 일반 학생들의 영웅이었고, 그와 반대편에 서 있는 일진들은 쌩양아치라는 소리를 들을 수밖에 없었으니까.

그로 인해 남영주의 2학년 세월은 밥 먹고 싸우는 일로 채워질 수밖에 없었다.

힘든 시절이었지만 남영주는 그 시절을 자신의 힘과 그를 믿고 따르는 일레븐과 더불어 헤쳐 나갔다.

그가 3학년이 된 지금 더는 그에게 시비를 거는 학교

는 없었다.

모든 싸움에서 그가 이긴 것은 아니었다. 하지만 어떤 싸움에서도 물러서지 않는 그의 투지가 다른 학교의 일진들을 질리게 만들었던 것이다. 명분이야 처음부터 남영주에게 있었던 것이고.

그런 남영주가 졸업 후를 대비해 선택한 후계자가 이상우였다.

이혁이 받은 첫인상과 얽히게 된 경우가 거시기해서 그렇지 이상우는 주먹실력과 함께 사비고 학생들의 신뢰를 받고 있었다.

건달기는 다분했지만 적어도 다른 학생을 괴롭히거나 삥 뜯는 것과는 거리가 멀었다.

담임인 김성호도 그를 남영주의 후계자로 인정해 주고 있었다. 그래서 이혁의 전학 온 첫 날 이상우의 행동을 예상했음에도 간섭하지 않았던 것이다.

문제는 동년배에서 자타가 공인하는 주먹실력을 가진 이상우가 남영주만큼의 그릇이 되지 못한다는 데 있었다.

이상우는 남영주의 명분을 절대적으로 지지했고, 그 일을 하고자 하는 열정이 있었다. 그리고 또래에서 보기 드문 주먹실력을 소유하고 있었으며 의리도 있었다. 하지만 그는 그런 장점을 덮을 만한 단점이 있었다.

그는 천성적으로 단순했고 쉽게 흥분했으며 수싸움에

약했다.

결정적으로 이상우는 남영주와 달리 명분을 선점하는 폭넓은 시야와 상황을 통제하는 감각을 갖고 있지 못했다.

그것은 어쩔 수 없이 두 사람 사이에 카리스마의 차이를 가져왔고, 일레븐에 대한 지배력의 차이로 이어졌다.

숱한 싸움 끝에 이제 안정되기 시작한 사비고였다. 그리고 그 안정의 배후에는 남영주가 있었다. 그러나 그가 졸업하면 사비고는 곧 도전에 직면할 것이 분명했고, 이상우는 그것을 헤쳐 나갈 능력을 갖고 있지 못했다.

남영주는 사비고를 자신이 꿈꾸었던 모습으로 바꾸는 데 청소년기의 전부를 바쳤다.

그런 학교가 그가 떠난 후 다시 예전의 모습으로 돌아가는 것을 방관할 수는 없었다.

전혀 고교생이 할 만하지 않은 고민 덕분에 그의 머리가 한 움큼씩 빠져나가고 있을 때 이혁이 전학을 온 것이다.

전학 온 지 이틀 만에 그가 점찍은 미래의 후계자를 떡으로 만들면서.

타이밍이 정말 묘했다.

'골치 아프네……'

샤워꼭지를 잠근 이혁은 양손으로 얼굴을 훑어 내렸

다. 그의 미간에 패인 깊은 골이 드러났다.

그는 이상우와 장덕성이 말한 것, 남영주의 영웅담을 액면 그대로 믿지 않았다.

경험이 부족한 이상우와 장덕성은 그렇게 볼 수도 있었지만 그가 알고 경험한 조직들의 세계는 그렇게 순진하지 않았다.

서울의 조직들은 그 막내가 중학교에까지 내려가 있다. 수도권의 대도시는 거의 예외 없이 서울과 비슷하다. 물론, 어떤 폭력조직이든 공식적으로는 그것을 부인한다. 그러나 부인한다고 진실이 거짓으로 바뀌는 것은 아니다.

지방인 대전은 서울이나 수도권의 학교들보다 덜할 수는 있었다. 하지만 대전 지역에 있는 조직들의 막내가 고등학교까지 내려간 학교가 하나도 없을 리는 없었다. 그리고 그런 학교의 일진들까지 남영주에게 밀렸다면 그들의 윗선에 있는 조직들이 남영주를 방치했을 리가 없었다.

자신의 조직원을 보호하지 못하는 조직은 암흑가의 생리상 생존할 수 없다.

학생들 싸움이라 공개적으로 모습을 드러내기는 어렵다 하더라도 찾아보면 그들이 남영주를 손볼 방법은 얼마든지 있었다.

그런데 남영주의 가히 전설적이라고 해도 어색하지

않을 영웅담에는 당연히 나타났어야 할 그런 조직들의
모습이 보이지 않았다. 그리고 그것은 남영주 주변의 누
군가, 그것도 아주 힘이 센 누군가가 그를 보호하고 있
다는 걸 의미했다.

생각이 거기에 이르자 머리가 지끈 거린 이혁의 눈매
가 있는 대로 일그러졌다.

'확 그냥… 딴 데로 떠버릴까…….'

그의 뇌리에 시은의 모습이 떠올랐다.

'학교에 오니까 나도 애가 돼가나 보구만. 어리광도
아니고 뭐냐. 쓸데없이 누나를 걱정시킬 수는 없지.'

그는 고개를 저어 잡념을 털어버리고 남영주의 일에
집중했다.

'영주가 내게 부탁을 한 걸 보면 그 녀석은 자기를 보
호하는 힘이 있다는 걸 모르는 것 같다. 알았다면 그 힘
에게 직접 부탁을 했겠지. 아니라면 그 힘이 영주의 부
탁을 거절한 건가?'

고민이 이어졌다.

'전자든 후자든 영주를 보호했던 힘은 그의 졸업 후
에 이상우를 보호하지 않을 모양인데… 그 힘의 실체를
찾아봐야겠다.'

쓸데없는 시비에 계속해서 한 다리를 걸치고 있지 않
으려면 그게 최선이었다.

물기를 닦고 옷을 걸치던 그는 눈살을 찌푸렸다.

'주인집 아주머니와 딸내미가 그런 반응을 보였던 게 당연해. 그나마 이유를 알게 된 게 다행이라면 다행이지.'

작년 한 해 동안 남영주와 그가 이끄는 일레븐은 대전에 있는 학교 중 여고를 제외한 거의 전 학교의 일진들과 횟수를 셀 수 없을 정도로 잦은 싸움을 했다.

목격자는 무수했다.

그 때문에 가뜩이나 별로 좋지 않았던 사비고의 평판은 더는 떨어질 곳이 없을 정도로 떨어졌다.

깡패와 꼴통들이 우글대는 곳.

이것이 사비고에 대한 대전 주민들의 최근평가였다.

물론, 사비고 학생들은 그 평가에 전혀 동의하지 않았다. 다른 학교의 학생들 중에도 사비고를 부러워하는 학생들이 부지기수였다. 물론, 그보다 많은 수의 학생들이 사비고를 무시 혹은 경멸했지만.

아무튼 남영주는 일레븐을 완벽하게 장악하고 있었고, 학생들의 생활은 다른 어떤 학교보다 더욱 자유롭고 안전했다.

그렇다고 꼴통들 숫자가 줄어든 것은 아니었다. 오히려 늘었다. 하지만 일반인들이 아는 것과는 약간 행태가 다른 꼴통들이었다.

남영주의 낭만적인 영웅담에 취하기에 딱 좋을 나이 들인 것이다.

이혁이 사비고에 전학 왔다는 것을 안 오정희와 송지윤 모녀의 반응은 자연스러운 것이었다. 그리고 이혁은 이제 그녀들이 왜 그런 반응을 보였는지 이해할 수 있었다.

'남영주도 불쌍하군. 후계자라고 키운 놈이 상우라니……. 상우 녀석은 그놈의 뜻을 이을 만한 그릇이 아닌데… 하긴 뺑뺑이로 가는 학교에서 마음에 드는 놈을 구하기란 밤하늘의 별을 따오는 것만큼이나 어려운 일이긴 하다. 어쨌든 오 여사님 모녀들한테 나까지 도매금으로 꼴통취급 받게 된 게 그리 반가운 일은 아니야.'

이혁은 혀를 찼다. 하지만 크게 신경 쓰지는 않았다.

어차피 그는 다른 사람의 시선을 의식하는 스타일이 아니었으니까. 게다가 그는 자신이 꼴통에 속하지 않는다고 자신 있게 말할 입장도 아니었다.

'혹시 나도 꼴통 아닐까? 다음에 누나를 만나면 물어볼까…….'

욕실을 나서던 그는 고개를 모로 꼬며 생각했다.

그런 걸 물어볼 사람은 시은밖에 없다. 솔직하게 말해 줄 사람도 그녀밖에 없었고.

인상을 찡그린 이혁은 고개를 저었다.

그는 타인이 자신을 어떻게 평가하는지 들어본 적이
없었다. 들을 생각도 해본 적 없었다.

'관두자. 사람이 안 하던 짓을 하면 죽을 때가 된 거
라고 하잖아. 게다가 누나라면… 흐으으, 무슨 소리를
듣게 될지 몰라.'

그는 자신을 볼 때마다 묘하게 눈을 빛내며 입맛을 다
시는 시은을 떠올리고 몸을 떨었다.

먹이를 발견한 암사자의 모습이 아마도 그럴 것이다.

방으로 돌아온 이혁은 점퍼를 걸쳤다. 복잡한 머릿속
을 식힐 겸 산책이나 할 요량이었다.

벽에 걸린 시계의 시침은 11시를 가리키고 있었다.

먹구름이 낀 밤하늘은 어두웠다. 골목 여기저기 켜져
있는 가로등이 짧은 거리나마 시야를 확보해 주었다.

대문을 나와 터덜거리며 걸음을 옮기던 이혁의 눈빛
이 날카로운 빛을 발했다.

'저놈은 뭐지?'

잠바에 달린 모자를 깊숙이 눌러쓴 사내 한 명이 불빛
이 닿지 않는, 맞은편 2층 빌라의 벽 모서리 부근에서
서성이고 있었다.

이혁은 슬그머니 담장의 그늘에 몸을 숨겼다.

서성이는 사내의 시선이 자신의 하숙집 1층에 고정되

어 있음을 알아차렸기 때문이다.

'도둑놈인가?'

자신을 주시하는 시선을 눈치채지 못한 사내는 뚫어 져라 오정희의 집을 바라보다가 잠시 후 주변을 두리번 거렸다.

사람이 없는 것을 확인한 사내가 어둠 속에서 걸어나 오더니 펄쩍 뛰어 2층 빌라의 벽에 설치된 쇠로 만든 사 다리를 붙잡았다.

사내의 전신이 어렴풋이나마 드러났다.

170이 조금 넘었고 마른 몸집이었는데 키에 비해 팔 다리가 상당히 긴 편이었다.

사다리를 타는 그의 모습은 원숭이 저리 가라 할 정도 로 날렵했다.

사내의 모습은 곧 빌라의 옥상으로 사라졌다.

'도둑놈은 아닌가 본데… 뭐 하는 놈이지?'

오정희의 집을 지켜보았는데 올라가는 건물은 영 엉 뚱한 빌라였다.

궁금해진 이혁은 사내가 올라간 빌라의 반대편으로 난 골목을 향해 바람처럼 뛰었다.

그가 50미터 정도를 전력 질주했는데도 골목은 조용 했다. 발소리가 나지 않는 기이한 뜀박질이었다.

반대편에 도착한 이혁도 방금 전에 보았던 사내처럼

주변을 두리번거렸다. 주민들이 보면 어떤 오해를 할지 모를 일이었으니까.

빌라의 반대편에는 사다리가 없었다. 옥상에 올라가려면 빌라의 베란다를 타야 가능한 상황이었다. 하지만 이혁은 전혀 곤란한 상황이 아니라는 듯 아무렇지도 않은 얼굴로 뒤로 10여 미터를 물러나 빌라의 옆 건물 벽에 몸을 대더니 곧 무서운 속도로 목표로 한 빌라의 벽을 향해 뛰었다.

벽에 머리라도 박을 것처럼 뛰어든 이혁의 몸이 허공에 뜬다 싶더니 그의 발이 믿어지지 않는 속도로 빌라의 벽을 밟으며 그의 신형이 화살처럼 허공으로 솟구쳤다.

세 걸음.

그의 손이 2층 빌라의 옥상 끝부분을 잡을 때까지 벽을 걷어찬 횟수였다.

소리는 나지 않았다.

미세한 진동조차 없어서 설령 지금 그가 실행한 일련의 움직임을 본 사람이 있다 해도 자신이 헛것을 보았다 여길 터였다.

6미터가 넘는 수직의 벽을 발로 걷어차며 오를 사람이 있을 거라고 생각하는 사람이 비정상이다.

옥상 끝머리를 잡은 손에 힘을 준 그는 조용히 옥상으로 올라갔다.

50미터 반대편에 스나이퍼처럼 엎드려 있는 모자 쓴 사내의 실루엣이 눈에 들어왔다.

'저놈, 대체 뭐 하는 거야?'

이혁은 치미는 궁금증을 가슴에 묻고 고양이처럼 옥상을 걸었다.

소리 없고 빠른 걸음.

묘행보(猫行步)라는 명칭을 가진 사문(師門)의 경신 공부였다.

사내의 뒤 2미터쯤 뒤까지 다가선 후에야 이혁은 사내가 무슨 짓을 하고 있는지 알 수 있었다.

그는 어이가 없다는 얼굴로 사내의 등을 내려다보며 잠시 멍하게 서 있었다.

'이 변태새끼가!'

그의 눈썹이 꿈틀거리며 허공으로 치솟았다.

사내는 옥상의 낮은 난간에 몸을 숨긴 채 길이 30센티 정도 되는, 겉이 온통 검은빛 일색인 외알 망원경으로 그의 하숙집을 훔쳐보고 있었는데, 그 망원경이 향한 곳은 욕실의 창문이었다.

욕실의 창문은 5센티 정도 열려 있었고, 불도 켜져 있었다.

"꿀꺽꿀꺽. 어흐흐흑, 지윤아… 지윤아… 창문을 조금만, 제발 조금만 더 열어주라… 꿀꺽. 하느님, 부처님, 옥황상제님, 제발 지윤이가 창문을 열게 해주세요.
제 평생소원입니다, 꿀꺽."

사내가 침을 삼키는 한편으로 끊임없이 웅얼거리는
소리가 옥상에 안개처럼 깔리고 있었다.

망원경을 들지 않은 사내의 빈손은 허리춤 밑으로 내
려가 있었는데 확인하지 않아도 그 손이 무슨 짓을 하고
있는지 뻔했다.

이혁이 선 위치에서는 욕실의 창문이 보이지 않았다.
하지만 사내가 하는 짓거리로 보면 지금 욕실에서는 송
지윤이 심상치 않은 옷차림으로 있는 듯했다.

"허거거걱, 죽이는구나. 지윤아, 앞으로 돌아서 봐라.
제발제발, 꿀꺽꿀꺽."

그저 사내의 정체나 확인하고 물러나려 했던 이혁의
생각은 완전히 바뀌었다. 그리고 이어지는 사내의 몽롱
한 중얼거림에 그의 인내심은 한계에 달했다.

아버지가 일찍 돌아가시고, 형들이 직장에 나가면서
어머니와 그, 둘만 집에 있는 경우가 태반이 되었을 무
렵, 형들은 그에게 자신들이 없을 때 어머니를 지켜야
한다고 진담 반 농담 반처럼 말하곤 했었다.

오래전 일이었지만 바로 어제 일처럼 선명하게 기억
나는 추억이었다.

너무나도 그립고 소중한……

그런 추억들 때문인지 그는 여자를 괴롭히는 사내들을 굉장히 싫어했다. 그런데 지금 그의 앞에 있는 사내 놈은 그가 가장 싫어하는 짓 중 하나를 하고 있는 것이다.

살짝 열린 창문 사이로 보이는 광경에 넋을 잃고 있던 사내, 편정훈은 갑작스레 주변의 공기가 싸늘해지자 정신이 번쩍 들었다.

살 떨리는 무언가가 그의 전신을 덮어오고 있었다.

'……?'

그가 왜 자신의 몸이 학질 걸린 사람처럼 떨리는지 이해할 틈 같은 건 없었다.

그는 뒷덜미를 잡아당기는 무서운 힘에 목이 부러질 것만 같은 통증을 느끼며 허공에 뜬 채 뒤로 끌려갔다.

덜컥.

뒷덜미가 잡히는 순간 전신이 마비되다시피 한 그의 손에서 힘이 빠지며 망원경이 난간에 굴러떨어졌다.

그는 고개를 돌릴 수도 없었다.

버둥거려 보려 했지만 그의 뒷덜미를 잡은 손길에 깃든 가공할 힘은 그것을 허락하지 않았다.

10미터는 족히 옥상의 중심부로 끌려가던 그는 어느 순간 자신의 목을 뒤에서 꺾어 잡고 있던 힘이 사라졌다는 걸 알았다.

반사적으로 몸을 한쪽으로 뒹굴며 고개를 들던 그의
전신이 돌처럼 굳었다.

도깨비불 같은 두 개의 푸른 불덩어리가 허공에서 빛
나고 있었다, 자신을 보면서.

"귀…… 귀……."

공포에 질린 그의 입술이 부채처럼 펄럭였다. 하지만 그
의 입에서 나오던 말은 제대로 된 끝맺음을 하지 못했다.

퍽.

푸른 귀화가 코앞으로 다가서는가 싶더니 몸이 해머
에 맞은 것처럼 뒤로 튕겨 나갔다.

이혁의 주먹이 편정훈의 복부를 파고든 것이다.

끔찍한 고통이 전신을 파고들었다. 그러나 편정훈은
비명을 지르지도, 바닥에 뒹굴지도 못했다.

입을 열 시간도, 바닥에 떨어질 시간도 주지 않는 무
자비한 주먹질이 그의 전신을 쉴 새 없이 강타했기 때문
이다.

무시무시한 힘과 구슬에 줄이 꿰듯 경쾌하게 이어지
는 연타의 홍수였다.

때린 데 또 때리고, 안 때린 데 골라 때리고…….

퍼퍼퍼퍼퍽.

기절도 허락되지 않았다.

그를 복날 개 패듯 두들겨 패는 주먹질의 임자는 사람

패는 분야에 한해서는 그 솜씨가 가히 신의 경지에 도달했다 해도 부족하지 않은 실력의 소유자였다.

기절할 만한 부위는 피하되 고통을 가중시키는 부분만 골라 때리는 주먹.

거품을 문 채 허공에 떠서 두들겨 맞던 편정훈의 눈이 흰자를 보이며 뒤로 돌아갈 지경이 되었을 때 이혁은 주먹질을 멈췄다.

정신이 견딜 수 있는 한계를 넘어선 고통이 지속되면 정신은 붕괴된다.

그는 사내가 하는 짓 때문에 드물게 화가 나긴 했다. 그렇다고 미친놈으로 만들 수야 없는 노릇이다.

이혁은 정신을 잃은 채 추락하는 사내의 몸을 받았다.

그대로 바닥에 떨어지면 제법 큰 소리가 날 테니까.

사내를 바닥에 눕힌 그는 난간으로 갔다.

사내의 손에서 떨어진 망원경을 부숴 버릴 생각이었다.

망원경을 집어 든 그가 허리를 폈다. 그는 편정훈처럼 숨을 이유가 없었다.

그때 먹구름이 흘러가며 달이 모습을 드러냈다. 이혁의 장신이 뒤쪽으로 긴 그림자를 드리웠다.

그리고,

무심코 시선을 든 그는 누군가와 눈이 마주쳤다.

욕실의 살짝 열린 창문 틈 사이에 얼음조각처럼 새하

얗게 질린 소녀의 얼굴과 더는 커질 수 없을 만큼 커진 두 눈이 있었다.

아무것도 입지 않은 지윤의 상체는 소담한 우윳빛 가슴이 그대로 드러나 있었고, 아래는 꽃무늬가 새겨진 손바닥만 한 분홍색 팬티를 입고 있었다.

"꺄아아악!"

온 동네가 떠나갈 듯한 비명이 터졌다.

오정희의 집을 중심으로 반경 2백 미터 안에 있는 집들의 불이 거의 동시에 켜졌다.

송지윤의 반라와 금방이라도 눈물을 떨어뜨릴 것 같은 눈빛, 그리고 귀를 찢는 비명 소리에 기절초풍한 이혁은 옥상에서 굴러떨어질 뻔했다.

'걸리면 변태…… 된다.'

비록 길지 않은 세월이지만 태어난 후로 한 번도 상상해 본 적이 없는 초유의 위기상황이었다.

그는 자신이 낼 수 있는 최고의 속도로 편정훈을 어깨에 들쳐 메고 바람처럼 달렸다.

그가 그대로 떠나면 편정훈은 주민들에게 발견될 것이고, 일의 성격상 신고를 받은 경찰이 오게 될 것이다.

경찰은 그를 조사할 테고 편정훈은 그에 대해 진술하는 걸 망설이지 않을 게 분명했다.

편정훈은 그의 얼굴을 보았고, 그를 보호할 이유도 없

었다.

설령 경찰이 사정을 이해해서 그가 변태인간을 때려잡았다는 걸 인정한다 해도 그가 송지윤의 반라를 본 사실은 변하지 않는다.

사실이 밝혀진 뒤에 닥칠지 모르는 난감한 상황을 그는 절대 바라지 않았다.

옥상의 끝에 도달한 그는 한순간의 망설임도 없이 아래로 뛰어내렸다.

한 사람을 들고 6미터가 넘는 높이에서 뛰어내리면 몸이 어떻게 될지 같은 건 전혀 염두에 두지 않는 몸놀림이었다.

지면에 두 발이 닿을 때 편정훈을 잡지 않은 한 손끝으로 슬쩍 지면을 밀치며 낮게 공중제비를 한 번 도는 것만으로 충격을 해소한 그는 거침없이 달려나갔다.

바람처럼 빠르지만 소리 없는 움직임.

운용된 것은 묘행보.

70킬로그램은 너끈히 나가는 편정훈을 어깨에 멘 그의 모습이 골목의 그늘 속으로 사라지는 데는 숨 두어 번 쉴 시간도 걸리지 않았다.

그리고 비명 소리에 놀란 사람들이 하나둘씩 골목에 모습을 드러냈다.

이혁이 하숙집 앞에 다시 나타난 것은 40분 정도 후였다.

1킬로미터쯤 떨어진 공터에 변태자식을 버리고 오느라 시간이 걸렸다.

집을 나올 때와는 달리 털레털레 걷는 그의 가슴 부위가 두툼했다.

지윤의 비명 소리로 촉발된 골목의 소란은 진정되어 있었다. 주민들은 보이지 않았고, 돌아오면서 은근히 걱정했던 경찰도 없었다.

속으로 안도의 한숨을 내쉬며 대문 앞에 도착한 그는 안도하기에는 아직 이르다는 것을 깨달아야 했다.

문 앞에는 송지윤이 서 있었던 것이다.

팔짱을 낀 채 그를 보고 있는 송지윤의 시선에 담긴 살기(?)는 무시무시했다.

송지윤이 눈빛만으로 사람을 죽일 수 있는 능력자였다면 그는 요절했으리라.

낮은, 하지만 간신히 분노를 참고 있는 듯한 싸늘한 목소리가 지윤의 입술 사이로 흘러나왔다.

"너지?"

"뭐… 뭐가?"

가슴이 뜨끔한 이혁의 말이 더듬거리며 나왔다.

평소의 그라면 있을 수 없는 일이었다. 하지만 지금은

평소가 아닌 것이다.

따지고 보면 송지윤은 그에게 감사해야 할 상황이었다. 하지만 그는 자신이 진짜 변태 편정훈을 박살 낸 일은 벌써 잊었고, 혹시나 송지윤이 그의 정체를 눈치채지 않았을까 노심초사하고 있었다.

어두워서 들키지는 않았으리라 믿고 있었지만 혹시 모르는 일이다.

이렇게 꼬이지 않았더라도 지윤에게 변태를 잡았다고 생색낼 생각 같은 건 에당초 없는 그었다.

변태 하나를 박살 내는 정도는 그에게 일도 아니니까.

설령 지윤이 진실을 알게 된다 해도 그가 그녀의의 반나체를 보았다는 사실은 변하지 않는다.

이혁의 눈과 마주친 시선을 유지한 채 지윤이 손가락으로 맞은편 빌라의 옥상을 가리켰다.

먹구름이 짙어지며 달은 그 뒤로 모습을 감춘 터라 가로등 불빛이 닿지 않는 빌라의 옥상은 칠흑처럼 어두웠다.

"으드득, 저 위에 있던 변태가… 너지?"

이를 갈며 묻는 지윤의 눈에 불꽃이 튀었다.

지윤은 인생에서 가장 예민한 시절이라는 사춘기의 여고생이 아닌가.

좀 더 나이가 들어 세상을 겪은 여자라면 기분 나쁘네

하며 지나갈 정도의 일일지 몰랐다. 그러나 아직 그녀 또래에게는, 더구나 지윤처럼 자존심 강한 소녀에게는 심각하게 받아들일 만한 일이었다.

이혁은 힘차게 고개를 가로저었다.

"무슨 소리야? 내가 저 위에 일없이 왜 올라가?"

'일없이'는 작게 '왜 올라가'는 크게 말했다. 그래서 지윤의 뇌리에는 '왜 올라가'라는 말만 남았다.

'일이 있어서 올라가긴 했지.'

지윤이 반말하고 있다는 거 정도는 그의 귀에 들어오지도 않았다.

어서 이 자리를 피하고 싶을 뿐이었다.

지윤의 눈이 가늘어졌다.

이혁을 눈빛으로 꿰뚫기라도 하겠다는 것처럼 쏘는 듯한 눈빛이다.

의심이 가득 찬 눈.

"아니야. 분명히 너였어. 큰 키에 딱 벌어진 어깨… 게다가 넌 그 시간에 집을 비웠고 이제야 돌아왔잖아!"

지윤의 취조에 이혁은 가슴을 쓸었다.

지윤이 본 것은 그의 실루엣이었다.

짐작만으로 유죄를 확정 지을 수는 없다.

심증은 가도 증거가 없어 무죄처분 받은 살인사건도 있지 않은가.

"무슨 말을 하는지는 모르겠는데 반복해서 말하지만 나는 저 위에 일없이 올라간 적이 없다. 더 볼일 없으면 난 방으로 가보겠다."

지윤은 이혁의 말에서 뭔가 미묘한 어감의 차이를 느꼈지만 무엇인지는 알아차리지 못했다.

놀람은 지워졌지만 들끓는 수치심과 분노가 그녀의 잘 돌아가던 머리를 마비시키고 있었기 때문이다.

이혁은 지윤의 옆을 돌아 성큼성큼 대문을 열고 안으로 들어갔다.

지윤과 멀어질수록 그의 걸음은 빨라졌다.

2층 계단을 오르는 그의 등을 노려보며 지윤은 입술을 깨물었다.

'분명히 저 자식인데…… 증거가 없어. 하지만 너라는 걸 알아. 엄마는 그럴 리 없다고 하시지만 날 알 수 있어. 기다려. 반드시 밝혀내서 쫓아내 버릴 테니까, 변태자식아!'

꼭 움켜쥔 그녀의 가녀린 주먹이 바들바들 떨렸다.

방으로 돌아온 이혁은 점퍼를 벗었다. 그리고 점퍼 안 주머니에서 10센티 크기로 줄어든 망원경을 꺼냈다.

편정훈이 사용하던 것이다.

그는 그것을 부수지 않고 가지고 온 것이다.

망원경은 보통의 것과는 달랐다.

눈을 대는 부위에 가로세로 7센티쯤 되는 사각형의 작은 물체가 붙어 있었다.

이혁은 그 물체를 떼어냈다.

그 물건을 요리조리 돌려보던 이혁이 어이가 없다는 기색이 완연한 음성으로 중얼거렸다.

"이런 성능의 디지털카메라를 이런 용도로 사용하다니⋯⋯."

디카는 해상도가 높고 줌기능이 탁월한 데다 저장용량도 풍부했다. 이런 소형의 고성능 디카는 상당한 고가여서 편정훈 또래가 구하기 어려운 물건이었다.

그가 망원경을 부수지 않고 가져온 것도 앞쪽 렌즈 부위에 붙어 있는 디카 때문이었다.

망원경과 디카라는 어울리지 않는 조합이 그의 시선을 끈 것이다.

디카를 켜서 그 안에 녹화된 내용을 훑어보던 이혁의 눈빛이 서늘해졌다.

내용이 그의 예상 밖이었다.

"그 자식, 한번 더 봐야겠군."

이혁의 말에서 진득한 살기가 묻어 나왔다.

디카에 녹화된 여자는 송지윤만이 아니었다.

얼핏 훑어보긴 했지만 동영상의 항목이 족히 스무 개

는 넘었다.

'너무 곱게 다뤘다. 놈, 다음에 만나면 오늘처럼 간단
하게 끝나지 않을 거다.'

편정훈이 알았다면 바로 짐을 챙겨 이민이라도 갈 생
각을 태연히 하며 이혁은 디카를 끄고 자리에 누웠다.

지금 가면 놈은 아직 공터에 얌전히 누워 있을 것이
다. 한두 시간 안에 정신 차리기에는 너무 많이 맞았다.
완전히 정상을 되찾으려면 한두 주일은 걸릴 터. 하지만
그는 편정훈을 찾으러 가지 않았다.

'넓고도 좁은 게 세상이니까… 언젠가는 만나게 되겠
지…….'

변태놈을 찾으러 나가야겠다는 생각은 들지 않았다.

송지윤은 그의 여자가 아니었고, 디카 안에 녹화된 여
자들은 모두 일면식도 없었다.

그는 베트맨이나 스파이더맨 같은 정의의 사도가 아
닌 것이다.

그런 귀찮은 일을 잔뜩 하는 존재가 되고 싶다는 꿈을
꾼 적도 없었고.

제6장

첫 수업 시작 30분 전.

"상우야."

"예, 형님!"

평소보다 일찍 등교해 자리를 지키고 있던 이상우는 이혁의 부름을 듣자마자 총알처럼 튀어와 그의 앞에 부동자세로 섰다.

일주일의 시간이 흐르면서 그가 이혁에게 느꼈던 두려움은 많이 퇴색되었다. 그러나 흑백이 뚜렷해서 더욱 생각을 읽기 어려운 이혁의 눈빛을 마주할 때마다 긴장되는 건 처음이나 마찬가지였다.

내키지 않는 일에 휘말렸다는 표정을 숨기지 않은 채

이혁이 한숨을 내쉬며 말했다.

"영주한테 협상이 성립되었다고 전해."

심드렁한 어조였다.

"예?"

일주일 전에 있었던 이혁과 남영주의 대화는 넓은 옥상에서 이루어졌지만 독대나 마찬가지여서 같은 옥상에 있었던 이상우와 그 일당도 그들이 나눈 대화의 내용을 알지 못했다.

"전하면 알아들을 거야."

이렇게 말하면 토를 달을 수가 없다.

"알겠습니다."

대답을 한 이상우는 바로 교실을 빠져나갔다.

오늘 할 일이 다 끝난 이혁은 책상머리에 팔을 괴고 창밖에 시선을 두었다.

4월로 넘어가면서 공기는 조금씩 따뜻해졌다.

학교 건물 바로 앞에 가꾸어진 정원에 심은 목련나무 가지에도 꽃봉오리들이 맺혔다.

'아주머니는 괜찮은데…… 지윤이는 아직도 의심을 버리지 못하는 것 같다. 지수는 확신하고 있는 듯하고.'

아침식사 시간에 맞은편에서 자신을 노려보던 지윤의 눈은 범죄혐의가 99퍼센트 확실한 용의자를 바라보는 형사의 눈이었다. 게다가 둘째 딸 지수는 그를 범인이라고 확신하고 있는 듯했다. 지윤의 영향을 받은 탓이다.

이혁은 혀를 찼다.

그가 아무리 타인의 시선을 의식하지 않는 스타일이라고 해도 한집안에 사는 또래의 소녀들, 그것도 대단한 미소녀 자매에게 변태로 의심받는 상황이 기분 좋을 리는 없었다.

그렇지 않아도 대전에서 꼴통학교라 낙인찍힌 사비고에 다닌다는 이유로 처음부터 무시당했던 처지가 아닌가.

"저기… 형님……."

이혁은 상념에서 깨어났다.

눈치를 보며 말을 건 사람은 앞자리의 장덕성이었다.

여전히 상체를 뒤로 반쯤 튼 힘든 자세다.

"왜?"

장덕성을 잘 활용하라는 남영주의 충고는 무시되었다.

졸업할 때까지 무사안일한 학교생활이 최대의 목표인 이혁은 정보의 필요성을 느끼지 못했으니까.

하지만 장덕성을 무시할 생각은 없었다.

남영주의 말이 있지 않았더라도 장덕성은 같은 반의 급우였다.

친해질 생각도 없었지만 굳이 무시할 이유도 없는 것이다.

장덕성은 이혁의 눈치를 슬슬 보면서 대답했다.

"여쭤보고 싶은 게 있어서요."

이혁은 장덕성이 자신을 불렀을 때부터 교실이 쥐 죽은 듯 고요해졌다는 것을 의식하지 못했다.

관심이 없는 탓이다.

"뭘?"

"어떻게 하면 형님처럼 싸움을 잘하게 됩니까? 비결 좀 가르쳐 주십시오."

이혁의 눈이 껌벅였다.

뜬금없는 질문이었다.

'이놈 넉살 좋군.'

"가르쳐 주면 뭐 하려고?"

심드렁하긴 해도 질문을 받아주는 이혁의 태도에서 대답을 해줄 것 같은 느낌을 받은 장덕성의 얼굴이 환해졌다.

그는 침을 삼키며 말했다.

"형님 같은 고수한테 한 가지라도 배우면 아무래도 거친 세상의 풍파를 헤쳐 나가는데 큰 도움이 되지 않겠습니까!"

이혁은 책상 위에 쾅 소리가 나도록 이마를 묻었다.

저런 식의 낯간지러운 대사를 진짜로 읊조리는 놈이 같은 하늘 아래 살고 있을 줄은 몰랐다.

온몸에 닭살이 돋았다.

그는 고개를 들었다.

눈을 반짝이며 그를 쳐다보는 장덕성은 대답을 듣지 않으면 절대 시선을 떼지 않겠다는 각오를 내비치고 있었다.

이혁이 불쑥 말했다.

"뭘 가르쳐 주랴?"

"싸울 때 간단하고 쉽게 이기는 방법이 있다면 가르쳐 주십시오."

얼굴을 바짝 들이댄 장덕성은 당장에라도 일어나 이혁에게 절이라도 할 태세였다.

다시 닭살이 돋은 이혁은 의자를 30센티는 뒤로 물리면서 말했다.

"그런 비법이 있다면 니가 나한테 가르쳐 주라."

장덕성의 눈가에 물기가 맺혔다.

그가 벌떡 일어났다.

"형님! 형님이 얼마나 간단하고 쉽게 상대를 이기는지 제가 이 눈으로 똑똑히 봤습니다. 제발 가르쳐 주십시오."

울면서 절할 것 같은 장덕성의 태도에 기겁을 한 이혁이 상체를 뒤로 젖히며 어쩔 수 없다는 듯 말했다.

"먼저 때려."

"아!"

언제 그랬냐는 듯 다시 의자에 앉아 상체를 뒤로 비튼 장덕성이 감탄성과 함께 고개를 끄덕였다.

'선빵이 최고라는 말씀이구나.'

확실히 먼저 때려서 눕히면 쉽고 간단하게 이기는 것이 된다. 하지만 문제가 있었다. 그래서 또 물었다.

"상대가 나보다 더 빠르게 때리면요?"

"피하고 때려."

'순간 동작이 중요하다는 말씀이구나.'

"아!"

두 번째 감탄성. 그리고 이어지는 질문.

"상대가 피하기 어려울 정도로 빠르면 어떻게 하죠?"

대답하는 이혁의 음성이 심드렁해졌다.

"막고 때리면 된다."

'맷집을 키워야 한다는 말씀이시구나.'

"아!"

세 번째 감탄성. 그리고 다시 이어지는 질문.

"맞지 않을 정도로 빠르고, 때려도 쓰러지지 않는 맷집을 가진 놈은 어떻게 해야 됩니까, 형님?"

이혁은 허탈할 한숨과 함께 고개를 저었다.

기분 같아서는 한 대 쥐어박았으면 싶었다. 하지만 그랬다가는 교실 분위기가 남극으로 변할 것이다.

그가 대답했다.

"튀어."

"예?"

"이기지 못할 상대와 부딪치면 줄행랑이 답이다."

"그래도 형님… 그건 너무 쪽팔리는……."

장덕성이 주저주저하며 말하자 이혁은 피식 웃었다.

"청산이 푸르면 땔감 걱정이 없다는 말이 있어. 군자의 복수는 10년도 늦지 않다는 말도 있고, 이보 전진을 위한 일보 후퇴라는 말도 있다. 와신상담이라는 고사성어도 있지."

장덕성의 얼굴이 멍해졌다.

"그게 뭔 말씀… 이십니까?"

"생각해 봐. 그리고 깨우지 마라."

심드렁한 한마디를 던지듯 남긴 이혁은 장덕성에게 손사래를 치고는 책상 위에 코를 박았다.

뒷문 근처의 자리에 앉아 있던 김세욱은 이혁이 잠이 든 듯하자 거구를 조용히 일으켜 그에게 다가갔다. 그리고 그의 잠든 머리맡에 조심스럽게 국어책을 놓았다.

오늘 첫 수업은 국어였다.

이혁은 전학 온 지 열흘이 지난 지금도 자신이 학생이라는 자각을 하지 못하고 있었고, 덕분에 김세욱은 이혁의 교과서 담당이라는 직책(?)을 아직까지 벗어나지 못했다.

그만두라는 이혁의 지시는 떨어질 기미가 보이지 않는 것이다.

'언제나 이 신세 면하려나……'

행여나 이혁이 깰까 터져 나오는 한숨을 억지로 삼키며 자신의 자리로 돌아가는 김세욱의 모습은 거구에 걸맞지 않게 처량 맞기 이를 데 없었다.

점심시간.

"왜?"

이혁은 퉁명스러운 어조로 물었다.

머뭇거리며 그의 옆으로 다가온 후에도 얼굴만 붉힌 채 입을 떼지 못하는 이상우가 거슬렸기 때문이다.

이상우는 고개를 푹 숙인 채 말을 하지 못했다. 입술이 달싹이는 걸 보면 할 말이 있음이 분명한데 차마 입을 떼지 못하는 듯했다.

"할 말 없으면 네 자리로 가, 임마. 난 밥 먹으러 갈란다."

이혁이 자리에서 일어나며 말한 후에야 이상우는 다급한 얼굴로 입을 열었다.

"형님… 잠깐 시간 좀 내주십시오."

"왜?"

"누가 형님 좀 뵙자고 해서요……."

이상우가 기어들어 가는 어조로 대답했다.

목까지 뻘게져 있었다.

호기심을 느낀 이혁이 물었다.

"누군데?"

"만나보시면 압니다……."

이상우의 우물쭈물한 기색에 이혁은 눈살을 찌푸렸다.

"싫어, 임마. 오라 가라 하는 놈은 영주 하나로 충분해."

그의 음성에 귀찮아하는 기색과 더불어 약간의 짜증이 섞여 있다는 걸 느낀 이상우는 애원하는 얼굴이 되었다.

"형님, 저 살려주는 셈 치고 제발 시간 좀 내주세요. 형님 못 모시고 가면 저는 오늘 죽습니다!"

이혁은 내심 의혹을 느꼈다.

이상우가 남영주보다 못하다고 해도 그건 남영주가 지나치게 뛰어나기 때문이지, 이상우가 못나서는 아니었다. 그런 이상우가 자신을 부른다는 사람을 언급할 때의 기색이 마치 고양이를 만난 쥐와 같으니 궁금해질 수밖에.

이혁은 이상우의 바늘들, 김세욱 일당을 돌아보았다.

자리에 앉아 그와 이상우를 힐끔거리는 그들의 얼굴

도 붉어져 있었다.

'이 자식들… 이상하네. 날 부른다는 놈이 대체 누구기에 얼굴들이 저 지경이야?'

떨떠름했지만 이혁은 이상우의 부탁을 들어주기로 했다. 어차피 보모 노릇하기로 결정한 후가 아닌가.

"그래, 가보자. 어떤 놈이 날 오라 가라 하는지 궁금하기도 하니까."

이상우의 얼굴이 확 펴졌다.

'놈은 아닌데……'

"감사합니다, 형님."

"안내나 해."

"예."

이상우를 따라 예의 학교 뒤 공터에 간 이혁은 여전히 많은 남녀학생이 쪼그리고 앉거나 나무에 기대어 담배를 피우는 걸 볼 수 있었다.

익숙한 풍경이라 별생각 없이 그들을 한번 본 것으로 끝낸 이혁이 이상우를 돌아보며 입을 열려 할 때 누군가 그를 불렀다.

"야, 거기 얼굴에 철판 깐 거 같은 놈! 네가 새로 전학 왔다는 이혁이라는 놈이냐?"

맑은 고음.

여자였다.

이혁은 눈을 껌벅이며 자신을 부른 목소리의 주인공을 찾기 위해 고개를 돌렸다.

구석의 나무그늘 아래 있다가 공터의 중앙으로 걸어 나오는 단발머리에 갈색 피부의 여학생이 보였다.

그녀는 테니스라켓을 어깨에 턱하니 걸쳐 멨는데 이혁을 보는 눈에 적의가 가득했다.

예쁜 편에 속한다고 할 수 있는 그녀는 170에 가까운 큰 키의 소유자였는데 보통의 여학생보다 조금 굵은 팔다리는 길면서도 공과도 같은 탄력이 느껴졌다.

어깨가 남자처럼 딱 벌어졌지만 그리 넓은 편은 아니었고, 상의가 터질 것처럼 부푼 가슴과 상대적으로 잘록해서 더 가늘어 보이는 허리는 갈색 피부와 어울려 건강한 매력이 넘쳤다.

한눈에도 운동을 많이 했다는 걸 알 수 있는 여학생이었다.

이혁을 부른 건 그녀였다.

'테니스 선순가?'

자신을 불러낸 사람이 남자일 거라 지레짐작했던 이혁은 어리둥절한 얼굴로 물었다.

"나 알아? 난 너 안면이 있는 거 같지 않은데?"

"지금 텄잖아, 이 자식아!"

이혁은 생판 처음 보는 여학생의 말에 뜨악해졌다.

사내 저리 가라 할 정도로 거친 말투 아닌가.

그가 어이없어하며 바라볼 때 여학생이 치맛자락을 날리며 후다닥 뛰어오더니 불문곡직하고 어깨에 걸치고 있던 라켓을 들어 그를 향해 수평으로 휘둘렀다.

슬쩍 상체를 젖힌 그의 눈앞으로 테니스 라켓의 머리 부분이 쉬잉 하는 바람 소리를 내며 지나갔다.

이혁의 눈가에 주름이 잡혔다.

휘두르는 라켓이나 겅중거리는 몸놀림은 그를 공격하는 여학생이 싸움에 익숙하지 않다는 걸 말해주었던 것이다.

여학생이 열을 내며 덤벼드는 이유를 알 수 없던 이혁은 이상우를 돌아보았다.

설명을 필요로 하는 눈길이었지만 이상우는 말을 하지 못하고 얼굴을 붉힌 채 고개를 푹 숙일 뿐이었다.

잠깐 한눈팔던 이혁은 라켓을 막 회수한 여학생이 다리를 들어 그의 얼굴을 찍어오는 것을 보았다.

태권도의 반달차기다.

꽤 숙련된 발차기여서 한두 해 배운 게 아니라는 걸 알 수 있었다. 하긴 요새는 태권도나 합기도 일이 단 정도의 단증을 갖고 있지 않은 아이를 찾는 게 더 어렵다.

하지만 그뿐이었다.

사람을 패본 발차기와 대련만 한 발차기는 실전에서

완전히 다르게 나타난다.

하수라면 그 차이를 모르겠지만 이혁과 같은 사람에게 여학생의 발차기는 장난 그 이상도 이하도 아니었다.

여학생은 교복을 입고 있었고, 하의는 당연히 치마다.

혀를 차며 뒤로 물러서려던 이혁의 전신이 마치 마른 하늘에 날벼락을 맞은 사람처럼 정지되었다.

그를 찍어오는 여학생의 발을 보는 그의 눈이 접시만 해졌다.

허벅지가 갈색인 건 이해했다.

피부 전체가 그 색깔이니까. 하지만 허벅지를 따라 올라간 그의 눈에 들어온 건…

'검은……!'

그런 그의 콧잔등에 여학생의 운동화 바닥이 작렬했다.

퍽!

허공을 화려하게 수놓으며 터지는 선명한 쌍코피.

쿵!

뒤로 고목나무처럼 쓰러져 나뒹구는 이혁.

공터가 조용해졌다.

아무도 상상하지 못했던 일이 벌어졌다.

일레븐 소속 수십 명의 남학생을 단신으로 쓰러뜨렸던 괴물주먹, 이혁이 여학생의 어설픈 발길질 한방에 맞아 나뒹군 것이다.

기절초풍한 이상우와 그 일당의 입이 헤 벌어지고 그 사이로 한 줄기 침이 흘러내렸다.

흙투성이가 되어 엉금엉금 기듯이 일어난 이혁의 얼굴은 창백했다.

하얗게 질린 얼굴에 두 가닥이 된 코피가 흐른다.

그는 천적을 만나기라도 한 것처럼 여학생 쪽으로 고개를 돌리지도 못하고 뒷걸음질 쳤다. 그리고 몸을 돌려 내달렸다.

후다닥!

"야, 멀대! 너 지금 토끼는 거냐? 거기 안 서! 잡히면 죽는다!"

여학생이 기세등등한 음성으로 소리치며 달려왔지만 이혁은 한순간도 걸음을 멈추지 않았다.

바람처럼 공터를 빠져나가던 이혁이 이상우의 옆을 스쳐 지나며 잠시 발걸음을 늦추고 물었다.

"저 여학생, 누구야?"

코피를 닦지도 못한 채 도주하는 이혁을 멍한 시선으로 지켜보던 이상우가 정신이 번쩍 든 얼굴로 대답했다.

"누납니다."

"친누나?"

"예."

이상우의 대답에 이혁은 인상을 찡그렸다.

그는 등 뒤 1미터까지 따라붙은 여학생을 한번 힐끗 돌아보고는 쏜살같이 공터를 떠나며 말했다.

"난 노팬티는 사절이라고 전해라."

이상우의 얼굴이 창백해졌다.

사정을 이해한 것이다.

"헉헉… 밥 먹고 뜀만 뛰었나! 엄청 빠른 놈이네. 헉헉."

그의 옆에 도착해 허리를 부여잡고 헉헉거리는 여학생을 보는 이상우의 눈에 불이 났다.

"누나!"

여학생을 부르는 그의 음성은 기차화통 삶아 먹은 것 같아서 공터에 있던 학생들은 화들짝 놀랐다.

"왜?"

"오늘 팬티 안 입었어?"

부른 음성은 컸지만 이어지는 질문은 여학생도 간신히 들을 수 있을 만큼 작은 속삭임이다.

남들이 듣는다면 이런 개망신이 어디 있겠는가.

여학생, 동생이 전학생에게 얻어 터졌다는 소문을 뒤늦게 듣고 사비고까지 쫓아온 이상우의 열혈누나 이상희는 난데없는 질문에 어리둥절한 얼굴이었다가 얼굴이 불타는 장작처럼 새빨갛게 변했다.

"아! 잊고 있었다⋯⋯."

잊을 게 따로 있지.

이상우는 피가 나도록 움켜쥔 주먹을 부들부들 떨었고, 장내엔 묘한 침묵이 흘렀다.

*　　*　　*

수업이 모두 끝나고 청소할 친구들은 청소를 하고 난 후 대부분의 학생들은 자율학습에 들어갔다.

이혁의 눈치를 살피며 좌불안석이던 이상우와 그 일당은 당연히 종소리와 함께 땡땡이쳤고.

점심시간에 벌어진 해프닝은 직후 교내 전체에 소문이 났다. 하지만 이혁이 여학생에게 얻어맞고 쌍코피를 흘렸다는 걸 그대로 믿는 사람은 아무도 없었다.

이상희가 이상우의 누나임은 점심시간이 지나기도 전에 밝혀졌고, 학생들 사이에서는 이혁이 동생 앞에서 누나를 팰 수 없어 한 대 맞아준 걸로 결론이 났다.

이혁도 이상우도 입을 다물고 아무 말도 하지 않았지만 해프닝은 그렇게 해석되어 사실로 믿어졌다.

그 외에는 공터의 상황을 설명할 방법이 없었던 것이다.

'확실히 누구한테 맞든… 맞으면 아프군.'

아직도 얼얼한 콧잔등을 어루만지며 이혁은 의자에 등을 기대고 늘어졌다.

'상우네 집안사람들 체질이 다혈질인가 봐. 그 자식 부모님이 안 오신 게 천만다행이다.'

이상희를 떠올린 그는 고개를 휘휘 내저었다.

머리털 나고 처음으로 그렇게 어설픈 발차기에 맞아 봤다.

그는 이상희를 뇌리에서 지웠다.

생각할수록 황당해서 머릿속이 뒤엉키는 기분이 들었기 때문이다.

'요새 잠이 너무 많은 거 같긴 한데… 흠, 독서 습관이나 길러볼까, 시간은 널널하니.'

이혁은 혀를 찼다. 그리고 책상 위에 엎드려 눈을 감았다. 무엇을 할지 결정된 건 없었다. 아직 그에겐 잠이나 자두는 게 남는 거였다.

그는 학교가 정한 규칙을 모두 지켰다.

체육시간에는 심장수술의 후유증이 아직 남았다는 아무도 믿지 않는 핑계를 대고 그늘에서 축 늘어져 있긴 해도 참석은 꼬박꼬박 했다.

그리고 자율학습도 했다.

멍하니 창밖을 보거나 잠을 자는 것으로 시간 전부를

때우기는 했지만 끝나는 시간까지 자리를 비우지 않았
다.

일주일 전 이상우와 그 일당을 패대기친 후 그가 했던
말을 반신반의했던 같은 반의 학생들은 일주일 동안 그
가 보여준 행동에서 그가 했던 말이 진심이라는 것을 믿
을 수 있게 되었다.

이혁은 그들이 무슨 짓을 하든 일체 개입하지 않았다.

그렇다고 학생들과 이혁 사이에 놓여 있던 거리감이
없어지진 않았다.

이혁은 학생들뿐만 아니라 학교생활 자체에 관심이
없었다. 자신이 학생이라는 걸 자각조차 제대로 하지 못
하는 그가 물정 모르는 아이들 천지인 주변에 관심을 가
질 리 만무했다.

그리고 그의 반에는 자신들의 접근을 허락하지 않는
듯한 이혁의 분위기를 거스를 정도로 담이 큰 학생도 없
었다.

그들 중 가장 담이 크다는 이상우와 그 일당조차 이혁
이 부르기 전에는 그의 근처에 얼씬도 하지 않는 게 반
의 현실이었으니까.

양측의 분위기가 결합되자 이혁은 반에서 홀로 떠 있
는 섬처럼 지낼 수 있었다.

하지만 일주일이 지나며 무사안일한, 그러면서도 완

강하게 접근을 거부하는 분위기로 가득 차 있는 그만의 울타리를 넘기 위해 시도하는 학생들이 생겨났다.

학교도 사람 사는 세상이니 예외는 없는 것이다.

그들의 숫자는 둘이었는데 한 명은 그의 바로 앞에 앉아 있는 장덕성이었고, 다른 한 명은…….

뜻밖에도 홍채현이었다.

언제나처럼 정규수업 시간이 다 지나가고 자율학습 시간이 되자마자 책상 위에 코를 박은 이혁의 옆구리를 검지로 쿡쿡 찌르는 사람이 있었다.

"오빠!"

이혁은 팔뚝 위에 파묻었던 고개를 모로 비틀어 자신을 찌른 사람을 보았다.

그의 반에서 그의 옆구리를 찌를 정도로 그를 어려워하지 않는 사람, 그것도 여자는 단 한 명밖에 없었다.

'아가야… 나 좀 그냥 놔두면 안 되겠니?'

이혁의 졸음에 겨워 반쯤 감긴 눈과 마주친 채현은 큰 눈을 더욱 크게 뜨며 헤실헤실 웃었다.

"또 잘 거예요?"

"응."

"이제 그만 자요, 오빠. 학생이 그렇게 공부 안 하고 잠만 자면 바보 돼요."

이혁은 잠이 확 깼다.

채현의 말투가 누군가와 꼭 닮은 때문이었다.

'아무래도 누나와 비슷한 과인가?'

"……."

이혁은 소리 없이 한숨을 쉬며 상체를 세웠다.

곤두선 채 자신을 향하고 있는 학생들의 신경이 느껴졌다.

이제는 만성이 된 시선들이다.

그와는 달리 학생들은 만성이 되지 않는 듯했지만.

채현이 그를 지금처럼 툭툭 건드리는 건 어제오늘의 일이 아니었다.

그가 며칠 동안 겪은 채현은 남학생들에게 여신과도 같은 관심을 받는 여학생이어서 콧대가 하늘을 찌를 것 같았지만 실제로는 내성적인 성격인데다 겁도 많았다.

그 나이가 될 때까지 주변의 남학생들이 하도 오냐오냐해 준 탓에 남자 알기를 우습게 여기는 면이 있는 건 사실이었다. 그러나 오만한 것과는 거리가 멀었다. 오히려 자라는 과정에서 남자들이 주변에 병풍을 친 탓에 세상물정 모르는 철부지에 가까웠다.

'성격만 외향적으로 바뀐다면 제2의 시은이 누나가 될 소질이 다분해.'

그것이 짧지만 채현을 겪은 이혁이 내린 결론이었다.

그가 의아하게 여기는 것은 채현이 자신을 무서워하지 않는다는 점이었다.

이상우와 그 일당과 있었던 일 이후 그의 반 학생들은 남녀를 불문하고 그를 무서워했다. 그런데 채현은 그를 무서워하지 않았고, 어려워하지도 않았다.

'대체 왜 친해지려고 하는 거야?'

그는 머리가 지끈거렸다.

그가 존경했던 큰형은 여자를 울리는 남자는 사내도 아니다라는 신념을 가진 사람이었고, 너무나도 사랑했던 둘째 형은 미녀의 눈물 한 방울은 그것을 흘리게 한 자의 피 한 사발과 같은 가치라는 신념을 가졌던 카사노바였다.

그 두 형의 영향력 아래서 컸던 이혁에게 여자의 눈물은 핵폭탄에 버금가는 위력을 가진 무기였다. 그리고 채현은 그 무기를 언제 어디서든지 사용할 수 있는 눈물샘을 보유하고 있는 무시무시한 존재였다.

'누나보다 더 무서워.'

지금까지 채현은 그의 앞에서 두 번 울었다.

한 번은 이상우와 일이 터졌던 그날 아침, 그리고 두 번째는 자율학습 시간에 말을 거는 그녀에게 이혁이 미간을 찡그리며 짜증내던 같은 날 저녁.

반 학생 전부가 불가사의하게 여기는 두 사람 사이의 변화는 그다음 날부터 일어났다.

채현은 이상하게 이혁을 무서워하지 않았고, 이혁은 채현의 접근을 거부하지 못했던 것이다.

"오빠, 이거 오늘 수업 정리한 건데 졸지 말고 보세요."

'또 울면 큰일이다.'

이혁은 채현이 내미는 노트를 망설임 없이 받았다. 그러고는 자리에서 벌떡 일어났다.

채현의 커다란 두 눈이 동그래졌다.

"어디 가세요?"

"밖에."

짤막하게 대답한 이혁은 재빨리 교실을 빠져나왔다.

'앞으로 자율학습 시간은 그냥 빼먹을까…… 그러면 선생한테 찍힐 텐데……. 아예 내놓으면 다행이지만 어설프게 찍히면 오히려 더 나쁜 상황에 처하게 될 수도 있지. 아예 대형사고를 쳐 버려? 그럼 누나가 당장 쫓아 내려오겠지? 누나… 누나…….'

복도를 걷는 이혁의 이마에는 굵은 주름살이 생겨나고 있었다.

이혁이 교실을 나간 후 채현의 자리로 온 이선아가 그

녀의 옷자락을 잡아 복도로 끌어냈다.

이혁은 어디로 갔는지 벌써 보이지 않았다.

그가 사라진 방향에 시선을 준 채로 선아가 물었다.

"채현아, 너 왜 그래? 저 오빠가 나쁜 사람 같지는 않지만 친하게 지낼 만한 사람도 아니잖아."

채현은 밝게 웃었다.

이선아는 유치원 때부터 그녀의 친구다.

"눈빛이 맑아. 저런 사람은 나쁜 사람일 수가 없어."

확신에 찬 어조였다.

선아는 어이가 없다는 표정으로 채현의 양 어깨를 잡았다.

"정신 차려! 눈빛이 뭐가 맑다는 거야? 무색무취하기만 하잖아! 속을 통 알 수가 없는 눈이야."

채현은 자신의 어깨를 잡은 선아의 손등을 톡톡 두드리며 헤실헤실 웃었다.

"날 믿지?"

"당연히 믿지. 너 아니면 누굴 믿어."

"그럼 저 오빠도 믿어봐."

"그게 어떻게 그렇게 진행되니!"

선아가 빽 소리를 질렀다.

하지만 채현의 입가에 떠오른 미소는 더 짙어질 뿐이었다.

'혁이 오빠를 믿지 않으면 누굴 믿겠어. 그분이 보증한 사람인데. 친해지기가 어려워서 그렇지. 자주 얘기할 기회만 있으면 친해질 수 있을 거야. 그리고 찾아보면 그런 기회를 만들 방법이 아예 없는 것도 아니거든. 헤헤.'

제7장

"예, 전해 드릴게요."

수화기를 내려놓는 미성의 눈가에 그늘이 드리워져 있었다. 그녀는 바의 중앙 테이블에 앉아 사십대 후반의 중년인을 상대하고 있던 시은에게 눈짓을 했다.

"윤 사장님, 잠깐 실례할게요."

시은은 눈앞의 손님에게 가볍게 목례를 하고는 미성에게 걸어갔다.

그녀와 말을 나두던 중년인의 눈빛이 몽롱해졌다.

검은색 시스루 원피스와 검은 스타킹, 검은색 킬힐에 휩싸인 그녀의 눈부시게 흰 피부와 조각 같은 이목구비는 악마도 유혹당할 만큼 아름다웠다.

"왜?"

미성은 바 안의 손님들의 기색을 슬쩍 살피고는 탁자 위를 정리하는 시늉을 하며 시은에게 바짝 다가섰다.

그녀의 입술이 보일 듯 말 듯 달싹였다.

"풍백의 전언이에요. 혁이를 찾는 자가 있다는군요."

"전부터 찾던 자들 말고?"

"예."

시은의 눈빛이 서늘해졌다.

"어느 시건의 꼬리야?"

"분석한 바로는 이소영 건의 꼬리인 듯하답니다."

"이소영?"

"예."

시은의 오뚝한 콧날에 가느다란 주름이 잡혔다. 고개를 갸우뚱한 그녀가 중얼거렸다.

"그 건에 꼬리가 달려? 별거 아니었던 걸로 기억하는데? 구할 때 이미 정신을 놓은 상태라 더 이상의 위험은 발생하지 않을 거라는 데 풍백도 동의했었고. 그런데 왜 그렇게 판단했대?"

"이소영 납치 건에 관련되었던 백동주 일파의 종적이 묘연하대요. 추적을 해도 흔적이 보이지 않는답니다."

시은의 안색이 진지해졌다.

그녀의 조직에서 정보수집과 분석을 맡고 있는 사람

들의 능력은 두말이 필요 없을 정도여서 그들이 추적하지 못하는 경우는 거의 없다시피 했다.

"누군가 백동주 일당을 지웠군. 하지만 그것만으로는 아직 근거가 부족하다고 생각되는데?"

"이소영의 구출을 의뢰했던 최정환이 혁이가 손을 쓴 이틀 뒤 급성심근경색으로 사망한 채 발견되었대요."

"살인?"

"풍백도 그렇게 판단하고 있더군요. 타살의 흔적을 찾아볼 수 없어 경찰에서는 병사로 처리했답니다. 꽤 솜씨 있는 전문가의 손길이 닿은 것으로 판단된대요."

"위험 정도는?"

"접근을 허락한다면 중상급이요."

"우리에게 접근할 가능성은?"

"1프로도 안 돼요. 풍백이 허락하지 않으니까요."

시은은 팔짱을 꼈다.

홀에 앉아 그녀를 곁눈질하던 사내들의 눈에 열기가 어렸다.

팔짱을 낀 가는 시은의 팔뚝 위에 그들의 욕망에 불을 당긴 그림처럼 아름다운 가슴의 선이 걸쳐 있었다.

시은은 팔짱을 풀며 오른손으로 긴 머리카락을 쓸어내렸다. 그녀의 손짓을 따라 사내들의 시선이 자석처럼 움직였다. 사슴처럼 길고 흰 목이 긴 머리카락 사이로 드러났다가 사라졌다.

사내들의 입술 사이로 억누른 한숨이 절로 흘러나왔다.

시은은 어떻게 하면 사내들이 자극받는지 너무도 잘 아는 여자였다.

사내라면 견딜 수 없는, 유혹적인 미소가 그녀의 입가를 떠나지 않았다. 하지만 손님들이 볼 수 없는 두 눈 깊은 곳에 자리 잡은 기색은 단단한 차가움이었다.

"이소영 건을 처음부터 다시 살펴보라고 전해. 그녀가 납치된 이유부터 납치했던 백동주 일파를 움직인 자들의 배후, 그리고 지금 혁이의 뒤를 밟는 자에 이르기까지. 전부!"

"예."

미성의 표정은 가벼운 잡담을 나누는 여자의 그것이었지만 들릴 듯 말 듯 대답하는 음성은 달랐다. 날 선 긴장이 가득 들어 있는 목소리였다.

시은은 손을 활짝 편 채 뒷짐을 졌다.

안 그래도 뚜렷한 그녀의 가슴선이 더욱 선명해졌다.

화사한 미소를 머금은 시은이 우아한 몸짓으로 걸음을 옮겼다.

그녀가 홀로 걸어 들어가자 이시스의 분위기는 은은한 열기로 달아올랐다.

　"어렵군."

　사내는 어눌한 표정으로 탁자 위의 잔을 내려다보며
중얼거렸다.

　무표정한 얼굴, 무표정한 눈빛, 어디서나 볼 수 있는
흔한 얼굴과 크지도 작지도 않은 키. 화려하지도 허름하
지도 않은 회색의 정장과 검은색 구두.

　사내는 평범하다는 단어에 더할 나위 없이 어울리는
외모와 옷차림을 하고 있었다.

　그래서인지 카페 안의 테이블 10여 개 중 반 이상이
손님으로 차 있었지만 그들 중 창가에 혼자 앉아 볼품없
게 커피를 홀짝거리고 있는 사내에게 시선을 주는 사람
은 아무도 없었다.

　사내의 시선이 닿은 커피 잔 안에는 갈색의 액체가 절
반쯤 남아 있었다.

　잔의 고리를 잡으려던 사내의 오른손 검지가 잔고리
가 아닌 탁자 위를 일정한 리듬을 갖고 톡톡 쳤다.

　사내의 시선이 커피잔을 떠나 창밖을 향했다.

　표정이 없어 멍하게도 보이는 사내의 시선은 반투명
한 검은빛 유리창 너머의 거리를 정처 없이 방황하며 떠

돌았다.

'그놈은 혼자가 아니야. 혼자라면 이렇게까지 철저하게 종적을 숨길 수 없다. 놈에겐 조력자가 있어. 그것도 아주 능력 있는 조력자가……'

그는 쓰게 웃었다.

일에 착수했을 때 그는 목표물을 찾기가 이렇게 어려울 거라고는 생각지도 못했었다.

그가 추적하는 대상은 분명 청부업계에 몸담고 있는 자였다. 당연히 일이 어렵지 않아야 했다.

한국에는 흔히들 해결사나 청부업자라고 부르는 유형의 직군에 몸담은 능력자들이 손에 꼽을 만큼 적었으니까.

그건 이 나라의 인구와 지정학적 위치, 그리고 안정된 치안과 불가분의 관련이 있었다.

국민의 수가 오천만도 되지 않는 데다 일을 저지르고 숨어 있을 곳도 마땅치 않고 도주하기는 더 어려운 반도 국가라는 특성, 그리고 총기류와 같은 물건이 사용되면 온 나라가 벌집을 쑤셔놓은 것처럼 변하는 이 나라의 안정된 치안상태를 생각하면 청부업이라는 위험한 직종을 선택하는 사람이 많지 않다는 게 그리 이상한 일도 아니었다.

더해서, 사내는 청부업 계통에 거미줄 같은 정보망을

갖고 있었다.

목표물은 그런 사내를 벌써 몇 주일째 헛고생시키고 있었다.

'흥미로워.'

표정 없던 사내의 눈빛이 변했다.

진득한 살기가 은은하게 배어 나오는 사내의 눈은 먹이를 찾는 육식동물의 그것과 닮아 있었다.

'백동주 일파를 단숨에 병신으로 만든 솜씨, 내 추적을 비웃는 능력… 젊은 청부업자에 대한 소문이 난 건 채 반년도 되지 않았지만 이런 자들이라면 오래전부터 활동해 왔을 가능성이 커. 그 젊은 놈이 미숙해서 소문이 난 것이겠지.'

생각을 정리한 사내는 핸드폰을 켰다.

"접니다."

[그자는 찾았나?]

"아직입니다. 죄송합니다."

[흠, 자네가 날 실망시킬 줄은 몰랐군.]

"죄송합니다. 제가 가진 정보망만으로는 시간이 너무 오래 걸릴 것 같습니다. 조직의 정보망을 사용하고 싶습니다. 재가해 주십시오."

[위험해.]

"조직이 드러날 일은 없습니다. 그자들이 범상치 않

은 이들임은 틀림없지만 염려하시지 않으셔도 됩니다. 제가 책임지겠습니다."

[……알았네. 조치해 놓지.]

사내는 아무도 없는 반대편을 향해 고개를 숙였다.

"감사합니다. 빠른 시간 내에 원하시는 결과를 얻어 내겠습니다."

사내는 핸드폰을 껐다.

창밖에 머문 그의 눈빛이 스산해졌다.

*   *   *

채현을 피해 나오긴 했지만 갈 데가 있을 리 없었다. 옥상은 2학년 출입금지 구역이고, 공터는 담배 연기로 너구리 잡는 놈들 천지다.

이혁은 운동장 구석의 벤치에 앉았다.

'조용하군.'

이혁은 어둠에 잠식되어 가고 있는 텅 빈 운동장을 보며 쓴웃음을 지었다.

남영주와의 약속이 조금 부담스럽기는 했지만 크게 마음 쓰이지는 않았다. 닥치면 그때 고민해도 될 일이라는 게 그의 판단이었다. 남영주가 졸업할 때까지는 아직 충분한 시간이 있었다.

'자퇴하지 않았다면 지금 3학년이었을 테지…….'

후회는 없었다.

일 년 동안 많은 일을 겪었고, 그로 인해 세상을 보는 그의 시야는 넓고 깊어졌다.

'졸업 후에도 누나의 일을 도와야 할까…….'

시은의 일에서 그가 하는 역할은 대단히 중요했다.

조직 내에 집행자가 몇이나 되는지 알 수는 없었다. 하지만 그리 많지 않은 건 분명했다.

지난 1년 동안 그가 편히 쉰 날은 열흘도 채 되지 않았다. 계속 일에 투입되었기 때문이다.

집행자가 많았다면 그의 일은 좀 더 수월했을 것이다. 그 또한 집행자들 중 한 명이었으니까.

시은의 조직에는 정보를 비롯한 여러 분야가 있었지만 가장 중요한 파트는 집행파트였다.

제아무리 지원 분야가 훌륭하다 해도 목적을 달성할 수 있는 행동력이 없다면 무슨 소용이 있을 것인가.

'내가 없다고 누나가 아쉬워할 거 같지는 않은데… 필요한 사람이야 눈 깜짝할 사이에 구하는 사람이니까. 시간은 넉넉하니 그동안 고민 좀 해봐야겠다. 스릴이 넘치는 일이긴 해도 평생토록 전념하기에는 뭔가 허전해…….'

이혁은 활짝 편 두 손을 눈앞에 들어 올렸다.

'그동안 몇 명을 폐인으로 만들었지?'

그가 투입되었던 일은 대략 40여 건, 그리고 그 횟수
의 배에 달하는 싸움이 있었다.

그중 극단적으로 손을 쓴 건 10여 회.

폐인이 된 자는 세어본 적이 없어서 정확하지 않았지
만 열은 넘고 스물은 되지 않았다.

경찰이 안다면 당장 교도소를 예약할 일이었다.

'확실히 내게 문제가 있다. 정상이 아니야……'

그는 나직하게 탄식했다.

지금까지 그는 시은이 속한 조직의 목적이 무엇인지,
그리고 그녀가 그에게 지시한 일들이 옳은 일이지 그른
일인지에 대해 생각해 본 적이 없었다.

심지어 그는 자신이 맡은 일의 가치판단에 관심을 가
졌던 적도 없었다.

그는 기계처럼 시은의 지시대로 움직였고, 그 결과는
대부분 참혹했다.

'나는… 그자들을 폐인으로 만들면서 죄책감을 느낀
적이 없다. 스스로를 합리화하려고 한 적도 없다. 도끼
로 통나무를 쪼개는 것도 이보다는 인간적이었을 것이
다. 선악에 대해서도 도덕적 가치판단에 대해서도… 정
말 아무 생각도… 없었다. 내가 그 일들을 즐긴 것일
까?'

그는 고개를 가로저었다.

즐거운 적은 없었으니까.

'……하지만 일을 하면서 마음이 편해진 것은 부인할 수 없다……'

시은과 만나기 전 그는 언제 터질지 모르는 고장 난 시한폭탄과 비슷했었다.

그가 가진 능력으로 볼 때 마음이 불안정했던 당시의 그는 너무나 위험한 소년이었다. 그리고 시은과 만날 때까지 그 위험을 그의 주변에서는 처절하게 겪어야만 했다.

그가 자퇴했던 것은 그가 원하기도 했지만 주변 상황이 그럴 수밖에 없기도 했기 때문이었다.

'분명 전보다 많이 편안해졌어. 그래서 떠나고 싶어진 건지도 모르지.'

시은과의 생활은 반복되는 긴장의 연속이었다. 하지만 그는 그 생활을 거부한 적이 없었고, 오히려 원했었다. 그러다가 어느 순간 그 긴장이 힘겨워졌고, 그래서 떠났던 것이다.

'광기와 파괴 속에서 평온을 얻은 셈인가.'

그는 학교건물을 보았다.

저 안에서 지금 공부하고 있는 학생들과 그는 여러 가지 면에서 많이 달랐다.

환경에서 사고방식까지…….

그들과 이혁은 같은 또래임에도 일치하는 점을 찾기 힘들었다.

'지난 2년 동안 너무 많은 것이 변했다. 고립된 섬처럼 살았었기에 난 그 변화를 깨닫지 못했었다. 그걸 누나는 알고 있었던 거야. 후우… 누나가 정확했어. 이곳에서는 누나와 함께 있을 때 몰랐던 것들을 깨닫게 된다.'

아이(?)들과 얽히는 기분은 묘했다.

학교를 떠난 것은 채 2년도 되지 않았다. 그럼에도 돌아온 그의 눈에 고교생은 마냥 아이들 같았다.

2년 동안 그가 너무 험하게 산 탓이다.

학교에 돌아온 후 며칠 전까지 그는 피동적으로 주변의 남녀학생들에게 끌려 다니듯 하며 일이 꼬이는 이 상황이 어색해서 강제로 주변을 정리해 버릴까 하는 생각을 하기도 했었다.

하지만 학교에서 일어나는 모든 것에 대해 그는 물 흐르듯 내버려 두기로 마음먹었다.

정확하게 왜 그런 마음을 먹게 되었는지 이유를 설명하기는 어려웠지만 그는 그러고 싶었다.

굳이 이유를 찾자면 수년간 자신이 쓰러지지 않으면 상대가 쓰러지는 상황 속에서 살아온 그의 팍팍했던 시

간들에 대한 반작용이 그 이유라고 할 수도 있지 않을
까.

그의 얼굴에 쓸쓸한 표정이 떠올랐다.

'형들이 계셨을 때는 그냥 평범한 학생일 뿐이었는
데……'

그의 눈빛이 타는 듯 강해졌다.

광기마저 느껴지는 살기.

하지만 소름이 끼칠 정도로 강렬하던 그 빛은 나타남
과 거의 동시에 스러졌다.

그 자리를 대체한 건 깊디깊은 절망과 허무였다.

형들이 살아 있을 때 그는 내성적이긴 했어도 밝은 성
격의 소년이었다.

나이보다 조금 어른스럽고 생각이 깊은 그런 소년. 하
지만 형들이 비명에 스러지며 모든 것이 변했다.

'형들을 죽인 자들에게 대가를 치르게 해야 하는데
길이 없다. 장 선생님이 말씀을 해주지 않는 한 방법이
없어. 그리고 그분은 목에 칼을 들이대도 말을 해주실
분이 아니다.'

그는 장석주를 떠올렸다.

형들이 죽은 후 음으로 양으로 그를 돌본 건 장석주였
다.

자퇴를 강행한 후 방황하며 심신이 피폐해져 가는 그

를 시은에게 인도한 사람도 장석주였고.

이혁이 그에게 갖고 있는 감정은 복합적이었다.

흔들리는 그를 잡아준 장석주가 없었다면 그의 인생
은 최악으로 흘러갔을 가능성도 배제할 수 없었다.

폭풍처럼 그를 휘둘렀던 분노와 슬픔은 그렇게 깊었
다.

감사하는 마음이 없을 리 없다.

반면에 형들의 죽음에 대한 열쇠를 쥐고 있음에도 그
에 대해 일언반구도 없는 장석주는 원망의 대상이기도
했다.

그러나 이혁이 절망하는 것은 장석주가 침묵하고 있
기 때문만은 아니었다.

거친 세월은 그에게 세상의 이면을 바라볼 수 있는 힘
을 주었다.

그가 아는 형들은 탁월한 능력을 가진 사람들이었고,
그 능력에 걸맞은 대우를 받으며 사회생활을 했다.

형들이 죽은 후 그에게 남겨진 유산의 크기를 봤을
때, 그리고 세상에 남아 있는 그들의 흔적을 찾는 것이
불가능하다는 것을 알았을 때 그는 형들이 몸담았던 사
회가 보통 사람들이 영위하는 그런 곳이 아니었다는 걸
확신할 수 있었다.

그는 바보가 아니다. 오히려 똑똑한 편에 속했다.

'형들은 나라와 관련된 일을 했던 것이 분명해…….
장 선생님의 분위기에서도 그런 것이 느껴지고…… 하
지만 국정원 같은 공식적인 국가조직은 아니야. 그곳에
는 형들의 흔적이 없었어.'

이혁이 절망하며 허무에 빠졌던 진정한 이유는 형들
의 복수를 할 가능성이 거의 없다는 데 있었다.

그의 형들은 나라와 관련된 일을 했었고, 그 과정에서
죽은 것이다.

처음에 그것은 추측에 불과했었지만 이제는 확신이
되어가고 있었다.

그로 인해 이혁의 번민은 그 깊이를 더할 수밖에 없었
다.

그가 형들의 흔적을 처음 찾아본 곳은 암흑가였다.

가능성은 희박했지만 일말이 가능성이라도 배제할 수
는 없었기에. 그러나 암흑가 쪽에서 형들의 흔적은 발견
되지 않았다. 그리고 억만금을 준다 해도 그런 일을 할
형들도 아니었다.

그렇다고 형들이 국정원이나 검찰, 경찰에 소속되어
있던 것도 아니었다.

그 부분은 시간이 꽤 걸리고 과정이 쉬운 건 아니지만
그가 이미 확인한 사실이었다.

시간이 지날수록 형들이 어떤 조직에 속했는지 의혹

은 가중되었다.

암흑가에서도 국정원과 같은 국가조직에서도 형들의
흔적은 발견되지 않았다. 그러나 형들은 분명 조직에 속
해 있었고, 그 조직은 상상 이상의 힘을 보유한 곳이었
다.

형들과 같은 조직에서 일했거나 현재도 일하고 있는
것으로 생각되는 장석주와 시은의 능력을 보면 그것은
분명했다.

장석주의 지시(?)를 받는 시은은 평범한 개인은 할
수 없는 일을 하고 있었다. 그리고 그녀의 일을 뒷받침
하고 있는 정보망은 믿기 어려울 만큼 방대하고 정확했
다.

더욱이 이혁이 그동안 느낀 장석주의 힘은 시은이 갖
고 있는 힘을 넘어서는 것이었다.

시은의 힘은 장석주가 갖고 있는 힘의 일부에 불과했
다.

그의 형들은 그런 장석주도 어려워했던 사람인 것이
다.

이런 정보망과 능력자들을 보유한 집단이 과연 사조
직일 가능성이 있을까.

그럴 가능성은 거의 없었다.

방대하면서 치밀한 조직을 운영하기 위해서는 막대한

자금이 필요했고, 그의 형들이나 장석주와 같은 사람들을 끌어들이기 위해서는 돈보다도 명분이 필요했다.

그가 아는 형들은 돈에 능력을 팔 사람들이 아니었으니까.

황금만능주의가 팽배한 세상이지만 돈에 신념과 능력을 팔지 않는 인물이 아예 없진 않다. 그리고 그의 형들이나 장석주가 그런 사람들에 속했다.

자금과 명분, 그 두 가지를 충족시킬 사조직은 존재하기 어려웠다.

장석주와 시은이 입을 열지 않는 것이다.

빈약한 정보와 추측의 조합인 터라 논리의 비약이 있음을 이혁도 인정했다. 하지만 그는 형들과 장석주, 시은이 속해 있는 조직이 비공식적인 국가조직이 아닐까라는 결론에 도달해 있었다.

그런 것이 존재할 수 있는지는 그도 확신하지 못하고 있긴 했지만.

그의 추측대로라면 자신의 복수 대상은 개인이 아니라 타국이 될 가능성이 컸다. 게다가 형들이 어떤 일에 개입되었든 그것은 개인적인 일이 아니었을 테고, 형들을 죽게 한 존재들에게도 개인적인 감정이 있었을 가능성은 적었다.

'나랏일을 하다가 돌아가신 거라면 복수는 의미가 없

다…….'

형들을 죽인 자들을 찾아 죽이겠다는 분노에 지배당한 세월은 소름끼칠 정도로 길었다. 하지만 시간이 흐르면서 그는 자신의 분노가 대상을 찾을 수 없을지도 모른다는 것을 알게 되었다.

'형들을 죽인 자들에게도 나름의 명분이 있을 테니까…… 설령 그자들을 찾아 죽일 수 있다 해도 그건 그저 스스로를 위안하는 자위행위에 불과하다. 죽이고 죽는 일이 쳇바퀴처럼 돌 뿐이야…….'

이혁은 형들을 위한 진혼제라면 살인이 아니라 그보다 더한 일이라도 마다하지 않을 각오가 되어 있었다.

그러나 현실에서 개인 대 개인의 은원이라도 살인이라는 형식의 복수는 실행하기 어려운 일인데 그것이 나라의 일을 하는 과정에서 발생한 은원이라면 그런 식의 전개는 더욱 가능하지 않았다.

죽이는 자도 죽는 자도 명분과 자신의 신념, 그리고 명령을 따른 것이다.

형들도 죽음을 두려워하지 않았던 것처럼 상대도 마찬가지일 것이다.

이혁은 탄식했다.

시은과 함께 일을 하면서 그는 많은 것을 배웠다.

그것이 그를 성장시켰고, 영혼을 갉아먹던 복수심을

희석시켰다.

그리고 남은 것은 절망과 허무였다.

목표와 그에 대한 열정이 없는 삶은 지루하다.

그는 지칠 수밖에 없었던 것이다.

'이제는… 형들이 어떻게 죽었는지 사실을 알고 싶을 뿐이다. 내 추측과 같다면 복수는 무의미한 일이다. 하지만 추측과 다르다면 뭔가 할 일이 생기겠지…….'

그는 고개를 들었다.

복수심은 희석되었지만 완전히 사라지진 않았다.

꺼지지 않은 불씨는 언제든 다시 타오를 수 있다.

어느새 그의 주위를 둘러싼 어둠은 자신의 본체를 분명하게 드러내고 있었다.

'장 선생님, 당신도 알고 계시다는 걸 압니다. 이 매듭을 풀지 않으면 내가 정상적인 삶으로 돌아갈 수 없다는 것을…… 언제쯤 이 매듭을 풀 기회를 내게 주실 겁니까……. 아니, 주시긴 주실 겁니까…….'

천천히 일어나 석상 같은 모습으로 하늘을 올려다보는 그의 안색은 사위를 침식해 가는 어둠만큼이나 어두웠다.

제8장

"변태오빠!"

"컥!"

빈 가방을 메고 아무 생각 없이 털레털레 계단을 내려오던 이혁은 발을 헛디뎌 굴러떨어질 뻔했다.

"킥킥킥."

희한한 웃음소리와 함께 그를 보고 있는 건 송지수였다.

언니인 지윤이 서구적인 마스크를 가진 중성적인 매력의 미소녀라면 동생인 지수는 얼굴이 주먹만 할 정도로 작고 이모구비가 오밀조밀한 인형처럼 귀여운 미소녀였다.

"지수야, 내가 아니라니까."

현관문에 서서 재밌다는 얼굴로 구경하고 있는 오정희의 시선에 부담을 느낀 이혁이 난처한 얼굴로 말하자지수는 혀를 삐죽거렸다.

"언니야 워낙 예뻐서 예전부터 쫓아다니는 남자들이많았어. 오빠가 그랬다고 해도 사춘기의 치솟는 관음증에 굴복한 것일 뿐이라고 생각할 테니까 이제는 솔직히자수해서 광명을 찾는 게 어때?"

'이 혀 반 토막 난 꼬마아가씨야! 내가 아니라구!'

이혁은 속으로 소리쳤다. 그러나 입밖으로 말하지는않았다. 지수에게는 씨알도 먹히지 않는다는 걸 알기 때문이다.

그가 그날 밤의 변태냐 아니냐는 지수에게 중요하지않았다. 놀려 먹을 사람이 생겼다는 게 중요했다. 그리고 이혁은 그런 지수의 심리를 알고 있었다.

지수의 놀림은 벌써 열흘 넘게 계속되고 있는데 눈치채지 못한다면 그런 바보도 없을 것이다.

"자, 받아!"

지수는 자신의 가방을 이혁에게 내밀었다.

그는 어깨를 축 늘어뜨리고 지수의 가방을 받았다.

가방을 받아 드는 이혁의 앞에 위세도 당당한 자세로선 지수는 오정희에게 손을 흔들며 말했다.

"엄마, 다녀올게."

"차 조심하고. 오빠 너무 놀리지 말아라."

"사실을 사실대로 말하는 건 절대 놀리는 게 아니야, 엄마."

지수가 어깨를 세우고 말하는 걸 들은 오정희는 쓴웃음을 지으며 이혁을 보았다.

그녀와 눈이 마주친 이혁이 목례를 했다.

"다녀오겠습니다, 오 여사님."

맥 빠진 목소리다.

"지수를 부탁해요."

"예… 후유……."

이혁은 꺼지는 한숨과 함께 대답을 한 후 대문을 나섰다.

지수가 다니는 오연중학교는 사비고에서 두 정거장 전에 있다.

덕분에 이혁은 지수와 함께 등교를 하게 되었는데 그건 그가 원해서가 결코 아니었다.

식사는 모두 함께했지만 지윤은 지수보다 훨씬 먼저 학교에 갔다.

그날 밤의 사건 이후 지윤은 지금까지 이혁과 눈도 마주치려 하지 않을 정도여서 그녀가 그와 같은 시간에 등교하는 일은 없었다. 그도 그게 편했고.

열흘 전, 매일 빈 가방을 들고 털레털레 혼자 대문을 나서는 그를 붙잡은 사람은 지수였다.

그 큰 눈을 별처럼 반짝이면서 그녀는 그를 협박했고 그는 굴복했다.

굴복하지 않을 수가 없었다.

이혁이 자기 가방을 들어주지 않고 혼자 대문을 나서면 지수는 온 동네가 떠날 갈 듯한 큰 목소리로 소리쳐 그를 불렀다.

'변~ 태 오빠~'라고.

오늘도 이혁은 도살장에 끌려가는 소마냥 지수의 가방을 어깨에 멘 채 그녀 뒤를 쫄래쫄래 따라가야 했다.

길거리에서 그녀가 그를 부르는 사태는 무슨 일이 있어도 피해야 했으니까.

"혁이 오빠!"

'내 팔자에 웬 여난이냐……'

이혁은 점심시간의 소란스러움을 피해 운동장 구석 벤치에 숨듯이 누워 졸고 있는 자신을 부르는 소리에 절로 얼굴이 일그러졌다.

누군지 돌아보지 않아도 뻔했다.

채현이다.

4월 하순도 끝나가고 있는 한낮의 날씨는 따스하고

선선한 편이어서 졸기 딱 좋았다.

이혁은 얼굴을 덮고 있던 연습장을 걷어냈다.

본래 목적과는 전혀 다르게 얼굴 가리개 대용으로 쓰이고 있는 연습장은 채현의 것이었다.

그의 얼굴과 30센티도 떨어지지 않은 곳에 채현이 허리를 굽히고 그를 내려다보고 있었다.

무릎 위에서 살짝 올라간 연한 쑥색 체크무늬 치마와 같은 색의 상의.

사비고의 교복, 특히 여학생들이 입는 교복은 다른 학교의 부러움을 살 정도로 디자인이 좋은 편에 속한다.

'애들이 환장할 만하네. 친한 척만 하지 않아도 정말 예쁘게 봐주겠는데 말이지……'

"왜?"

"점심 먹은 거예요?"

"응."

졸음에 겨워 반쯤 눈을 감고 대답하는 이혁을 보며 채현이 웃었다.

"호호호."

맑고 경쾌한 웃음소리.

그러나 그 웃음은 이혁이 입을 연 순간 씻은 듯이 사라졌다.

"침 튄다."

"……."

'헉, 말 잘못했다.'

이혁은 상체를 벌떡 일으켰다.

채현의 눈에 눈물이 그렁그렁 매달려 있었다.

"채현아, 채현아, 울지 마라. 그래, 무슨 말을 하고 싶어서 날 찾아온 건데? 말만 해라. 응? 상우가 괴롭혀? 영주가 귀찮게 해?"

이혁이 손을 어디에 둘 줄 모르며 안절부절못하자 채현의 눈기에 맺혔던 눈물이 사라졌다. 그리고 맑은 미소가 피어났다.

언제나 혼자 무표정한 얼굴—그녀 눈에는 멍한 얼굴로 보였다—로 있어서 다른 사람에게는 접근할 수 없는 인물로 낙인찍힌 이혁이 자신 앞에서는 허둥대는 모습이 재미있었던 것이다.

심기일전한 그녀가 말했다.

"오빠, 동아리 가입한 거 없죠?"

"동아리? 서클 말이냐?"

"예."

"없는데?"

"우리 동아리에 가입해 주세요."

채현은 잔뜩 기대하는 얼굴이었다.

반면 이혁의 얼굴에는 떨떠름한 기색이 완연해졌다.

'갑자기 웬 동아리?'

그가 학교에 온 지도 벌써 한 달이 다 되어간다.

"저기… 채현아… 난 동아리에 가입하고 싶지 않은
데… 나이 때문에 애들과 어울리기 쉽지 않은 거 너도
알지 않냐. 나 때문에 동아리 분위기가 삭막해질 거다."

나이 때문이 아니라 그가 저지른 일 때문이다.

현재 사비고에서 그에게 편하게 말을 거는 사람은 단
세 명밖에 없다.

채현과 장덕성, 그리고 남영주.

"그렇지 않아요, 오빠! 그건 제가 장담할 수 있어요.
오빠~ 우리 동아리에 들어와 주세요."

채현은 이혁의 팔을 잡고 매달렸다.

그들의 거리는 서로의 숨결이 느껴질 만큼 가까워졌
다.

이혁은 상체를 뒤로 빼며 고개를 저었다.

채현과 한 반인 것만으로도 지금 그는 충분히 번거로
웠다. 그런 지경인데 동아리 가입까지 허락하면 귀찮은
일이 산더미처럼 생길지도 몰랐다.

"싫다."

그리고는 다시 벤치에 누워버렸다.

딱 부러지는 어조와 동작이어서 채현은 입이 얼어붙
었다.

가뜩이나 딱딱한 분위기의 이혁이라 그의 말과 동작이 단호해지면 남자들도 말을 걸기 힘든데 내성적인 그녀야 말할 것도 없다.

그녀의 눈에 다시 눈물이 그렁거렸지만 소용없었다.

이혁이 눕자마자 눈을 감아버렸기 때문이다.

그 순간 채현의 뒤에서 돌개바람이 불었다.

눈을 감고 있던 이혁은 뺨을 스치며 얼굴을 덮어 내리는 부드러운 천을 느꼈다.

눈이 저절로 뜨였다.

그리고 보았다.

'뽀얗… 군. 근데 꽃돼지가 있네… 꽃돼지? 커컥!'

돌개바람에 휘말려 올라갔던 채현의 치마가 내려오며 그의 얼굴을 덮었다.

당연히 그의 머리는 채현의 치마 속에 들어가 있었다.

두 사람 모두 전혀 예상치 못했던 일이었다.

"까아아악!"

날아가는 새가 기절해 떨어져도 당연하다 여길 하이톤의 찢어지는 비명 소리.

시간이 멈추기라도 한 듯 운동장에 있던 학생들의 움직임이 일시에 정지했다.

비명 소리를 찾아 헤매던 그들의 시선이 멈춘 곳은 구석 자리의 벤치.

이혁은 벌떡 일어나 있었는데 얼굴이 시체 빛이었다. 채현은 그 앞에 쪼그리고 앉아 울고 있었고.

"엉엉엉~"

"……"

'으으으, 아무래도 대전터가 나한테 맞지 않는가 보다, 이 나이가 되도록 들어보지 못했던 여자 비명 소리를 대전에 와서 거푸 듣는 걸 보면.'

거푸 듣기만 하나 거푸 보기도(?) 하는데.

소곤소곤. 소곤소곤.

"전학생이야."

"저거 채현이 울렸다는 그놈 아냐?"

"맞아. 그런데 저 새끼 채현이를 또 울렸네."

"아, 힘만 있으면 아주 개박살을 냈을 텐데. 채현이가 뭔 잘못이 있다고 자꾸 울리는 거야."

"영주 형은 왜 저 자식을 그냥 두는 거지?"

이건 남학생들 음성.

"어머, 저 오빠 정말 못됐나 봐. 채현이를 벌써 몇 번째 울리는 거야."

"생긴 걸 봐. 완전 날도둑놈같이 생겼잖아."

"내가 볼 땐 날강도같이 생겼는 걸."

이건 여학생들 음성.

자기들 딴에는 작게 얘기하는 소리였지만 이혁의 귀

는 너무 밝다.

'으드득… 이것들이 뚫린 입이라고…….'

하지만 지금 그에게 다른 학생들 신경 쓸 여가는 없었다.

"채현아, 울지 마라. 동아리 들어갈게."

채현의 울음소리가 조금씩 잦아들었다.

그녀가 힐끔 위를 쳐다보았다.

소리는 사라졌지만 눈물은 아직도 방울방울 떨어신다.

"정말요?"

"그럼."

이혁은 힘차게 고개를 끄덕였다.

'……옛… 됐다.'

"덕성아!"

벤치 부근에서 같은 반 학생들과 농구를 하고 있던 장덕성이 머리카락을 미친 듯이 휘날리며 달려왔다.

그의 뒤로 흙먼지가 구름처럼 일었다.

"부르셨습니까, 형님."

금방이라도 땅속으로 꺼져 버릴 것처럼 기운 없는 모습으로 벤치에 앉아 있던 이혁이 말했다.

"채현이에 대해서 아는 대로 말해봐라."

맥이 잔뜩 빠진 음성이다.

"옙!"

장덕성도 방금 전 채현이 울던 것을 보았다. 그리고 잠시 후 환한 미소와 함께 날아갈 듯한 걸음걸이로 돌아가던 모습도 보았다.

그의 가슴에 궁금증이 태산처럼 쌓였지만 감히 물어볼 엄두는 나지 않았다.

"채현이는 고향이 서울입니다. 부모님과 함께 다섯 살 때 대전으로 왔다고 하는데 아버지가 하는 사업이 잘 안 돼서 온 것이라고 알고 있습니다. 대전에 와서는 하는 일이 승승장구해서 여기 눌러 살게 되었다고 하고요. 현재 채현이 아버지는 중장비 임대업과 건설업을 하고 계시는데 그 계통에서는 성공한 사람 축에 든다고 합니다."

"부자라는 말이군."

"예, 채현이네 집은 대전에서 손꼽히는 부자입니다. 그리고 채현이는 서울 출신들이 약삭빠르고 이기적인 면이 많은 것과 아주 다르게 무척 착합니다. 남이 어려워하는 걸 알면 도와주지 못해서 안달을 하죠. 정도 많고 눈물도 많은 편입니다."

"맞아. 눈물은 정말 많지……."

이혁은 땅이 꺼져라 한숨을 쉬었다.

"예… 조금 내성적이고 수줍음을 많이 타서 먼저 친

구를 사귀지는 못하지만 일단 사귀면 금방 친해집니다.
머리도 좋아서 성적은 문과에서 항상 5등 안에 듭니다.
예쁘고 몸매 끝내주고, 머리도 좋은데다 착하기까지 하
면서… 부자죠."

"퍼펙트 걸이군. 침 닦아!"

장덕성은 허겁지겁 소매를 들어 입가를 닦았다.

"상우하고 영주는 채현이와 무슨 관계냐?"

"상우하고는 유치원 때부터 고등학교까지 쭈욱 동창
입니다. 그리고 상우가 채현이를 초등학교 때부터 쫓아
다닌 건 아주 유명합니다. 일편단심 민들레죠."

"채현이는?"

"관심이 별로 없습니다. 아무래도 상우와 채현이는
그림이 잘 안 나오죠."

"그건 그래."

이혁도 동의했다.

청초한 수선화와 뿔난 멧돼지가 어울릴 턱이 있나.

"영주는?"

"영주 형과 채현이는 외가로 먼 친척뻘이 됩니다. 팔
촌이 넘는다고 하는데 정확히는 모르지만 친척이라는 건
분명합니다. 예전에 영주 형이 직접 말씀하셨었고, 채현
이도 인정한 일이니까요. 영주 형도 상우처럼 채현이와
초등학교부터 지금까지 같은 학교를 다녔습니다. 그게

소문으로는 일 때문에 너무 바쁜 채현이 부모님께서 영주 형에게 채현이의 보호자 역할을 부탁했다고 합니다. 그래서 공부 잘하던 채현이가 우리 학교에 입학하게 되었다는 말이 있는데 확인된 사실은 아닙니다. 어쨌든 지금까지의 행적을 보면 영주 형은 채현이의 대부나 마찬가지입니다. 물불 안 가리는 상우가 채현이한테 마음처럼 대시하지 못하는 게 바로 영주 형 때문이죠."

"왜? 영주는 채현이한테 상우가 안 어울린다고 생각하는 거냐?"

"그건 아닌 거 같습니다. 영주 형은 채현이 일에 간섭한 적이 없습니다. 하지만 누군가가 채현이에게 무언가를 강요하는 걸 두고 본 적도 없죠. 채현이가 상우를 마음에 들어 했다면 영주 형도 그냥 두었을 겁니다만… 그렇지 않으니까요."

"흠……."

이혁은 손으로 턱을 괴고 잠시 생각에 잠겼다가 다시 물었다.

"영주도 채현이를 좋아하는 거냐?"

"워낙 촌수가 먼 관계라서 상관은 없겠지만 제가 볼 때 그건 아닌 거 같습니다. 영주 형은 채현이를 그냥 동생처럼 아낄 뿐이죠. 채현이가 드물게 예쁜 아이인 건 맞지만 영주 형 주변에는 항상 물불 안 가리고 대시하는 여자들로 만원상태라서……."

"하긴 그놈 정도라면 끌리지 않을 여자가 드물겠지……."

이혁은 다시 물었다.

"네 말대로라면 채현이가 다른 사람한테 먼저 접근하는 경우는 거의 없는 거 같은데?"

"제가 알기로는 없었습니다."

"그런데 왜 나한테는 접근하는 거냐?"

대답을 못하며 이혁을 힐끔거리는 장덕성의 콧잔등에 땀방울이 맺혔다.

"사실… 저도 궁금합니다."

"몰라?"

"예."

"내가 너무 멋있어서 그런가……?"

"딸꾹!"

이혁의 눈초리가 매서워졌다.

"그거 무슨 뜻이냐?"

장덕성의 부동자세에 바짝 힘이 들어갔다.

"예? 마… 맞습니다. 분명 형님이 너무 멋있어서 그럴 겁니다."

'혹시 아줌마들은 그렇게 생각할지도 모르죠.'

물론, 이 생각을 입 밖에 내면 바로 골로 갈 거라는

걸 장덕성도 안다.

"미친놈."

이혁은 피식 웃었다.

그는 주제파악을 아주 잘했다.

허여멀겋고 계집애같이 곱상한 스타일의 남자가 상종
가를 치는 세상이다.

그처럼 선이 굵고 무뚝뚝해 보이는 소년(?)을 좋아할
또래의 소녀는 드물었다. 그리고 채현이가 그 드문 소녀
축에 든다는 것은 지나친 비약이었다. 설령 그렇다 해도
그것은 그가 절대 바라지 않는 일이었고.

이혁은 마지막으로 물었다.

"그런데 채현이가 활동하는 동아리가 뭐냐?"

실상 그가 가장 궁금해 한 것은 이것이다.

"동아리요?"

"그래."

"'퀼트프랜즈'라는 동아립니다. 채현이한테 정말 잘
어울리는 여성스러운 동아리죠. 왜요?"

여성스럽다는 장덕성의 말에 이혁의 얼굴은 하얗게
질려갔다. 그는 조금 떨리는 어조로 물었다.

"알 거… 없… 다. 그건 그렇고 퀼트? 그게… 뭐…
냐?"

"작은 천조각들을 덧대거나 이어서 가방이나 지갑,

이불 같은 걸 만드는 겁니다. 한마디로 바느질이죠."

장덕성의 대답을 들은 이혁의 안색이 귀신이라도 본 사람처럼 푸르뎅뎅하게 변했다.

"바. 느. 질. 이라고?"

부여잡은 뒤통수를 무릎 사이로 처박으며 낮게 되뇌는 그의 음성은 마치 비명처럼 들렸다.

영문을 알지 못하는 장덕성은 고개를 갸웃할 뿐이었다.

"별보기 운동이 따로 없네⋯⋯."

빈 가방을 어깨에 걸치고 털레털레 골목길로 접어들며 올려다본 하늘엔 별이 가득했다.

서울의 밤하늘에 비하면 대전의 밤하늘엔 정말 별이 많았다.

이혁은 한숨을 푹 내쉬었다.

"휴우⋯ 하고 많은 동아리 중에 하필이면 바느질이냐⋯⋯."

생각만으로도 등골이 쩌릿해지는 전율이 흘렀다.

장덕성에게 얘기를 듣자마자 학교 밖 피시방에 가서 인터넷을 통해 퀼트가 무언지 뒤져 본 그였다.

시대가 변해서 십자수나 퀼트를 하는 남자들이 적지 않다는 건 이제 그도 안다.

하지만 안다고 적응이 된 것은 아니었다.

자신이 의자에 쪼그리고 앉아 천조각리를 이으며 손가락 한 마디 정도밖에 되지 않는 바늘을 부여잡고 바느질을 하는 장면은 아무리 상상하려 해도 상상이 되지 않았다. 상상도 되지 않는데 적응이 될 리는 만무한 일.

"누나… 누나……."

이혁의 입술 사이로 이가 갈리는 소리가 흘러나왔다. 대상은 당연히 시은이었다.

어깨를 늘어뜨린 그는 느릿느릿 걸었다. 어찌 보면 휘청거리는 듯해 보이는 걸음이었다.

대전에 온 후로 되는 일이 없었다.

하숙집에서는 꼴통에 변태 취급을 받질 않나, 학교에서는 엄한 놈 보모 노릇에, 바느질까지 하게 생겼다.

'이러려고 대전에 온 게 아니라고!'

소리친다고 누가 들어주는 것도 아니다.

이혁은 앞이 보이지 않는 막막함에 처절한 절망을 해야 했다.

시은에게 얘기해야 콧방귀나 뀔 것이다.

옆의 담장에 머리를 들이받고 싶은 충동을 억누르기 위해 그는 필사적으로 노력해야 했다.

'두 번 다시 누나 말대로 하면 내가 이혁이 아니다!'

재삼 각오를 다지지만 뜻대로 될 거라고는 그 자신도

확신하지 못하는 게 현실 아니던가.

시은과의 전화 통화는 일주일에 두어 번 이루어졌다.

전부 시은이 먼저 전화를 한 것이다.

이혁이 먼저 전화를 한 적은 없었다.

딱히 할 말도 없는데 전화를 걸어 안부나 묻는 건 그의 성격에 맞지 않았다.

이런저런 일로 무사안일한 학교생활에 불안한 조짐들이 나타나고 있었지만 이혁은 시은에게 학교를 그만두겠다는 말을 꺼낸 적이 없었다.

들어줄 시은도 아니었지만 이만한 일들로 그녀를 번거롭게 하는 건 왠지 내키지 않았기 때문이었다. 어리광 부리는 것 같아서 달갑지도 않았고.

속으로 쉴 새 없이 구시렁거리며 터벅터벅 골목길을 걷던 이혁의 눈빛이 변했다.

걸음을 멈춘 그의 시선이 정면을 훑었다.

어느새 그의 눈빛은 칼날처럼 예리한 빛을 띠고 있었다.

골목길은 폭이 3미터 정도밖에 되지 않아서 주차된 차량은 없었고, 가로등도 50미터 간격이라 사물의 실루엣을 볼 수 있을 뿐 분명한 실체를 보기 어려웠다.

그 어둠의 한곳에 더 짙은 어둠이 있었다.

이혁으로부터 30미터 정도 떨어진 곳이었다.

전방을 훑어 나가던 이혁의 시선이 그곳에 멈췄다.

"거기 숨어 있는 쥐새끼들, 나와라."

"하아, 감각이 좋은 놈인데? 정훈아, 저 자식 정말 고등학생 맞는 거냐?"

의외라는 듯 약간 놀란 음성이 들리며 어둠 속에서 대여섯 명의 검은 양복을 입은 사내들이 휘적휘적 걸어나왔다.

하나같이 덩치가 좋아서 가뜩이나 좁은 골목은 사람이 통과할 수 없을 정도로 꽉 차버렸다.

이혁은 사내들의 뒤편에 숨듯이 걸어나오는 낯익은 얼굴을 발견했다.

빌라 옥상의 변태자식이었다.

편정훈이 사내의 말에 대답하는 음성이 이혁의 귀에 들려왔다.

"고등학생 맞아, 형. 사비고 2학년이야. 얼마 전에 서울에서 전학 왔대."

사내들의 중앙에 서 있는 사내가 조금 어색해하는 얼굴로 어깨를 으쓱했다.

그의 시선이 이혁과 마주쳤다.

"네가 정훈이를 두들기고 돈을 뺏어갔다는 녀석이냐?"

"뭐?"

이혁은 잠시 어리둥절했지만 곧 어이없어 하며 피식 웃었다.

생각하고 자시고 할 것도 없었다.

변태자식이 거짓말을 한 것이다.

그가 어이없어 할 때 사내가 어깨를 으쓱하며 말했다.

"미안하다, 꼬마야. 나 같은 사람이 나설 자리는 아니다만 이놈은 내 친동생이어서 말이야. 네가 정훈이에게 너무 험하게 손을 쓴 걸 탓해라."

말을 한 사내는 175 정도의 중키에 가슴과 팔을 감싼 양복이 찢어질 것 같은 근육질의 몸매였는데 목이 짧고 어깨가 두터웠다.

이십대 중반쯤의 나이로 보였고, 눈이 작았지만 번뜩이는 빛은 잘 벼린 칼날처럼 날카로워서 위압적인 분위기였다.

그는 편안한 자세로 서서 이혁에게 손짓을 했다.

"이리 와라. 빨리 끝내자."

사내는 당연히 이혁이 와서 자신의 손에 몸을 맡겨야 한다는 투였는데 그 행동이 어색하지 않고 자연스러웠다.

과장된 몸짓이 아니라는 건 사내가 이런 경험을 적지 않게 갖고 있다는 걸 의미했다.

이혁은 씨익 웃었다.

가지런한 흰 이가 드러나는 웃음.

사내의 얼굴이 딱딱하게 굳었다.

그는 무시당한 것이다.

이혁이 말했다.

"변태 놈 형이라고는 생각되지 않는 분위기네. 지금 꺼지면 내가 들은 말은 잊어주지. 조용하게 살고 싶어서 말이야."

사내는 어리둥절한 얼굴이 되었다.

그는 미심쩍다는 표정으로 이혁의 아래위를 훑어보며 물었다.

"너 고등학생 맞는 거냐? 영 아닌데?"

이혁의 눈빛이 깊게 가라앉았다.

가뜩이나 바느질 때문에 심사가 뒤틀린 터였다.

굳이 사고를 치고 싶은 생각은 없었지만 들이대는 놈이 있다면 피하고 싶은 기분도 아니었다.

"쓸데없는 소리 말고. 꺼질래? 맞을래?"

뒤틀린 심사가 말투에 그대로 담겼다.

이혁의 말에 사내를 비롯한 양복사내들의 표정이 변했다.

어이없다는 표정들이다.

편정훈의 형이라 자칭한 사내는 안타깝다는 얼굴로 길게 한숨을 내쉬었다.

"깡이 있는 건 좋은데 상황파악을 전혀 못하는 건 좀 그렇다. 정훈이를 일방적으로 팬 걸 보면 솜씨가 있는 듯하지만 그렇게 천둥벌거숭이처럼 굴면 꼭 임자를 만나게 된다는 걸 아직 모르는 모양이로구나. 여기까지는 네가 어려서라고 내가 이해하겠다. 굳이 어렵게 갈 필요 있겠냐? 쉽게 가자. 이리 와라. 너무 겁먹지는 말고. 죽이지는 않을 테니까."

"말 많구만."

이혁이 부러지듯 말하자 사내는 얼굴을 굳혔다.

편정훈이 그의 친동생이 아니었다면 그는 이런 자리에 나설 사람이 아니었다. 이혁에게 이런 대접을 받을 사람은 더욱 아니었고.

이혁이 고등학생이 아니었다면 지금처럼 말을 많이 하지도 않았을 것이다.

그는 솜씨 좋은 사내를 아낄 줄 알았고, 격이 차이 나는 경우 모욕을 웃어넘길 줄도 아는 대범한 사람이었다. 그리고 인내심도 남다른 편이었지만 이혁의 자극은 도를 지나쳤다.

이곳에는 그만 있는 것이 아니었다.

일이 있어 지나는 길에 근 달포 가까이 애걸복걸했던 편정훈의 부탁도 들어줄 겸 들른 터라 그의 부하 다섯이 더 있는 것이다.

그들 다섯은 벌써 폭발하기 일보직전이었다.

그들 중 한 명이 성큼 앞으로 나섰다.

이혁을 노려보는 사내의 부릅뜬 눈에 진한 살기가 흘렀다.

그는 이혁을 노려보는 눈을 거두지 않은 채 편정훈의 형, 편정호에게 말했다.

"형님, 더는 못 참겠습니다. 허락해 주십시오."

편정호는 떨떠름한 얼굴로 혀를 차며 고개를 끄덕였다.

"별수 없지. 뼈를 부러뜨리거나 하지는 마라. 싸가지는 없어도 아직 애 아니겠냐."

"알겠습니다, 형님."

짤막하게 대답한 사내는 큰 걸음으로 이혁에게 다가갔다.

이혁은 가방을 바닥에 내려놓았다.

그도 가볍게 목을 돌려 굳어진 몸을 풀며 앞으로 나갔다.

다가서는 사내의 걸음은 안정되어 있으면서도 날아갈 듯 가벼웠다.

목과 허리의 선이 바르고 어깨는 흔들리지 않았다.

어설프게 어깨 너머로 배워서는 저런 몸이 만들어지지 않는다.

'제대로 배운 놈인데? 어느 정도인지 한번 볼까?'

이혁이 조금 의외다 싶어 내심 고개를 갸웃할 때 어느새 그와의 거리를 2미터까지 좁힌 사내가 지면을 스치듯 박차며 도약했다.

두 다리의 무릎을 교차하며 퉁기듯 쭉 뻗은 사내의 오른쪽 발뒤꿈치가 이혁의 명치를 찍어 찼다.

쉬잇.

공기가 찢어지는 소리가 귀에 들리는 듯했다.

파괴력과 속도가 대단하다는 증거.

이혁의 몸이 미끄러지듯 우측으로 이보를 움직였다.

허공을 찬 사내의 눈빛이 사나워졌다.

내지른 발이 완전히 펴지기도 전 회수하며 지면을 밟은 사내의 좌측 어깨가 탱크처럼 이혁의 가슴으로 들이닥쳤다.

이혁의 눈가에 감탄이 떠올랐다.

사내의 공격전환은 신속했고, 응변은 침착했다.

이혁이 우측으로 이동할 때 사내는 벌써 발을 회수하며 어깨를 부딪쳐 오고 있었던 것이다.

일체의 군더더기가 배제된 움직임.

서울에서 상대했던 자들 중에도 지금 그를 공격하는 사내만큼 깔끔한 실력을 가졌던 자는 그리 많지 않았었다.

'제대로 된 놈 맞네. 하지만 더 볼 것은 없겠다.'

그가 상대의 실력을 알기 위해서는 한두 번의 공수교
환으로 충분했다.

그 이상은 시간낭비였다.

생각의 와중에도 그는 끊임없이 움직였다.

맞으면 맷집 좋은 그라도 몸이 성하기 힘든 공격이었
다.

금방이라도 이혁의 가슴이 뭉개지는 것처럼 보였기에
편정훈은 환하게 웃었다. 하지만 그 옆에 선 편정호의
안색은 돌덩이처럼 딱딱하게 굳어졌다.

겉으로 볼 때 분명 위기라 할 수 있음에도 이혁의 흑
백이 뚜렷한 눈동자는 한 점의 흔들림도 없었다.

편정호는 그것을 본 것이다.

'위험하다…….'

그는 불안감을 느꼈다. 그러나 그 불안감을 부하에게
경고하기도 전에 상황은 종료되었다.

비스듬히 좌후방으로 일보를 움직여 사내의 어깨를
가슴 앞으로 흘린 이혁은 오른발 끝으로 사내의 힘축 역
할을 하는 왼발 오금을 걸어 앞으로 끌어당기며 오른손
으로 사내의 목 앞면을 잡아 뒤로 슬쩍 밀어버렸다.

그의 손과 발이 움직이는 걸 흐릿하게나마 본 사람은
편정호밖에 없었다.

무서운 속도.

동시에 정반대의 방향으로 작용한 두 힘으로 인해 사내의 몸은 순간적으로 공중에 떴고, 장난치듯 목을 밀친 이혁의 손아귀에 담긴 무서운 힘은 그를 2미터 정도 뒤로 날려 버렸다. 타격이 아니었기에 정상적인 상황이라면 사내는 바닥을 두어 번 구르다가 일어났을 것이다.

하지만 사내는 재수가 없었다.

골목은 좁았고, 사내가 날아간 곳에는 담장이 버티고 있었다.

쿵!

목을 눌릴 때 성대까지 눌렸던 사내는 머리가 담장에 부딪히는 충격이 더해져 비명도 지르지 못하고 기절해 버렸다.

…….

편정호는 입을 굳게 다문 채 딱딱한 얼굴로 이혁을 바라보았다.

다른 사람들도 한순간 할 말을 잊은 듯 멍한 눈으로 그에게 시선을 고정시키고 있었다.

기절한 사내는 편정호가 편정훈보다 백배는 더 아끼는 부하로 그 실력 또한 편정호 다음이라 할 만큼 탁월했다.

저렇게 두어 번 손을 섞다가 기절할 사내가 아닌 것이다.

"……너, 고교생 맞냐?"

편정호는 놀란 기색을 숨기지 않고 물었다.

이혁은 말없이 손을 들어 자신의 명찰을 가리켰다.

편정호는 고개를 저으며 앞으로 나섰다.

"간단하게 훈계만 하고 가려고 했는데 틀렸군."

그의 시선이 편정훈을 향했다.

가늘게 찢어진 작은 눈에 분노가 흘렀다.

"정훈아, 저런 놈이 삥을 뜯었다고? 어쩌다가 저런 놈하고 얽힌 건지 무척 궁금해지는구나. 저놈 손보고 나서 우리 오랜만에 진지하게 얘기 좀 하자."

상대는 그도 놀랄 주먹솜씨를 가진 고교생이었다.

조직에 들어와도 당장 상부에 진입할 수 있는 저런 솜씨를 갖고 직접 삥이나 뜯는 놈은 없다. 혹 삥 뜯으라고 시킬 수는 있겠지만.

"……!"

편정훈은 사색이 되어 어깨를 움츠렸다.

편정호가 화나면 얼마나 무서운지 누구보다 잘 아는 사람이 그였다.

함께 자란 친형 아닌가.

양복사내들이 나서려 했지만 편정호의 제지로 그들은 제자리로 돌아가야 했다.

"아서라. 니들이 나서봐야 망신만 더할 뿐이다. 고교

생 한 명을 다구리 놓았다는 소문이 돌면 앞으로 대전에서 어떻게 얼굴을 들고 다닐까. 게다가 니들이 전부 덤벼도 승부를 장담하지 못할 정도의 놈이다, 저놈은."

그의 마지막 말은 무거웠다.

그는 자타가 공인하는 대전 암흑가 최고의 고수였다.

암흑가에서 일대일로는 그를 상대할 수 있는 인물이 없다고 공인된 사람이 그인 것이다.

그런 그였기에 이혁의 단순하기까지 했던 움직임 속에 내포된 진정한 실력을 그는 꿰뚫어 볼 수 있었다. 그리고 그것이 그의 마음을 무겁게 했다.

이런 놈과는 가능한 얽히지 않는 게 만수무강에 이로웠다. 하지만 물러나기엔 늦었다.

이유야 어떻든 친동생이 떡이 되고, 아끼던 부하가 패대기질 당했다.

이 상황에서 꼬리를 마는 건 그의 자존심이 허락을 하지 않았다.

제9장

"손을 섞기 전에 정식으로 인사나 할까? 난 편정호다.
날 싫어하는 놈들은 이름보다는 워해머(warhammer:
전투용망치)라고 부르고 싶어 하지."

　편정호는 진지했다.

　하지만 이혁의 대응은 그다지 진지하지 않았다.

　"난 깡패새끼들하고는 인사 같은 거 나누지 않는다."

　편정호의 눈매가 가늘어졌다.

　그의 눈가에 차가운 기운이 감돌자 분위기가 살벌해
졌다.

　"뭐, 네가 뭔가 오해한 모양이긴 한데, 이 상황에서
그 오해를 풀어준다는 것도 어울리지 않는 일이기도 하

고… 내가 생각해도 오늘 내가 말이 많은 편이네. 짜증난다. 붙자!"

편정호는 미간을 일그러뜨리며 이혁에게 걸어갔다.

이혁의 말은 일견 맞는 말이긴 했다.

편정호가 깡패인 건 맞으니까. 하지만 틀리기도 했다.

그는 암흑가에 속해 있긴 해도 일반인들이 알고 있는 깡패와는 질이 많이 달랐다. 하는 일도 그랬고.

그러나 이혁이 그런 사정을 알 리 없었다, 편정호도 말해줄 의사가 없었고.

이혁의 2미터 앞에 도달한 편정호의 자세가 신중해졌다.

그가 아끼는 부하 박광현이 속수무책으로 당하는 걸 본 이후인 것이다.

삼엄한 기세가 그의 전신에서 흘러나왔다.

편정호의 기세를 본 이혁은 눈살을 찌푸렸다.

'이 자식은 좀 전 놈보다 더 제대로 된 놈인데? 정말 깡패 맞아? 이런 놈이 대전처럼 좁은 바닥에서 뭐 하는 거지? 서울에서도 찾아보기 힘든 놈인데.'

그다지 진지하지 않았던 이혁의 눈빛이 속을 알 수 없게 변하며 얼굴도 무표정해졌다.

나름 신중해진 것이다.

별다른 준비 자세 없이 양손을 늘어뜨리고 서 있는 이

혁의 전신을 탐색하듯 훑던 편정호의 눈 깊은 곳에 잔떨림이 일었다.

'빌어먹을…… 생각보다 더한 고수다. 이런 놈이 고교생이라고?'

이혁의 몸에는 허점이 너무 많았다.

하지만 박광현을 쓰러뜨릴 때의 속도와 힘을 감안한다면 그것을 노리고 달려들었다가는 예상치 못한 카운터에 녹다운 될 가능성이 컸다.

지금 그의 눈에 들어오는 상대의 허점은 그를 유인하기 위한 것이라고 보는 게 옳았다.

편정호의 이마에 땀이 솟았다.

1분이 지나고 있었다.

그는 이를 물었다.

이 상태로 시간을 보낸다면 손을 써보기도 전에 패할 거라는 걸 깨달은 것이다.

고수들끼리의 싸움에서 기세는 실제 손발을 섞는 것보다 더 중요하다.

기세에서 밀리면 몸이 굳고 그 이후는 보나마나가 된다.

편정호의 두 발이 지면을 훑으며 앞으로 전진했다.

가슴 앞에 모은 그의 두 주먹은 미동도 없다. 그러나 그의 눈은 이혁이 아닌 이혁의 앞 30센티 정도의 허공에 머물러 있고, 양어깨는 미세하게 좌우로 흔들렸다.

페인트다.

체계를 갖고 있는 대부분의 무술에서는 수련생이 하수의 수준을 벗어나면 안법(眼法)을 가르친다.

상대의 움직임의 겉과 이면을 동시에 볼 수 있는 능력을 기르기 위해서다.

상대뿐만 아니라 상황 전체를 한눈에 볼 수 있는 시야를 기르지 못한다면 고수의 경지는 요원하다.

이것에는 어느 무술이든 예외가 있을 수 없다.

안법을 오래 수련한 무인이라면 상대의 눈과 어깨를 보는 것만으로도 상대가 자신의 어디를 노리는지, 어떤 형태의 공격이 이루어질 것인지 거의 정확하게 예측할 수 있다.

편정호는 이혁이 그 정도 수준의 안법을 익힌 고수라고 상정한 상태에서 움직이고 있는 것이다.

이혁의 나이를 생각한다면 그에 대한 평가는 상궤를 벗어난 것이라고 할 수 있었다. 하지만 편정호는 그것이 비정상이라는 걸 의식하지 못했다.

이혁에게서 느껴지는 미묘한 분위기가 그를 그렇게 만든 것이다.

어둠 속에서 편정호가 전진하며 내는 삭삭거리는 소음이 듣는 이의 소름을 돋게 했다.

이혁의 무심한 눈이 허공을 떠돌던 편정호의 살기 띤 눈과 우연처럼 마주쳤다. 그 순간 편정호의 오른 주먹이 허공을 갈랐다.

어느새 그와 이혁의 거리는 50센티 정도로 가까워져 있었다.

말 그대로 코앞이다.

스팟.

이혁의 왼쪽 뺨에서 한 가닥 핏물이 튀어 허공에 가는 띠를 만들었다.

주먹이 일으킨 풍압에 의한 상처였다.

그것으로 편정호의 실력이 극명하게 드러났다.

이혁은 방금 전 상대했던 자를 통해 짐작했던 편정호에 대한 평가를 수정해야 한다는 것을 알았다.

방금 전 상대했던 자 정도는 열 명이 더 있어도 편정호 하나보다 못했다.

종이 한 장 차이로 편정호의 주먹을 스쳐 보낸 이혁의 왼손바닥, 장심(掌心)이 편정호의 복부를 쳐갔다.

맞으면 내장이 뒤틀리는 것으로 끝나지 않을 위력이 그 장심에 담겨 있었다.

가슴 앞을 방어하던 편정호의 왼손이 날을 세우며 반원을 그리더니 복부로 다가서는 이혁의 왼 손목 측면으로 벼락처럼 떨어졌다.

이혁의 무심하던 눈이 무섭게 번뜩였다.

그는 왼손으로 편정호의 복부를 칠 수는 있겠지만 그 직후 자신의 왼손목이 부러져 나갈 거라는 걸 알았다.

편정호의 왼손이 반원을 그린 거리는 30센티 정도에 불과했지만 거기에 실린 힘은 경시할 수 없는 것이었다.

왼손을 거두는 것과 동시에 반대편에 있던 이혁의 오른손 장심이 편정호의 턱을 올려쳐 갔다.

극쾌의 변환.

편정호는 이를 악물었다.

서로의 손이 움직이는 속도가 너무 빠르고 그에 실린 기세가 무서워서 발을 쓸 틈 같은 건 있지도 않았다.

상대의 움직임을 한순간이라도 놓친다면 어디 한군데가 부러진 채 골목길에 널브러질 터였다.

그는 상체를 오른쪽으로 비틀어 이혁의 오른손을 피하면서 이혁의 얼굴을 헛치며 뺨을 스쳐 지나갔던 주먹을 수도로 바꾸어 이혁의 왼쪽 목 경동맥을 도끼처럼 횡으로 후려쳤다.

편정호의 수도를 피하기 위해 상체를 숙여야 했던 이혁의 오른손은 당연히 목표를 잃고 허공을 쳤다.

그 순간 편정호는 스산한 미소와 함께 오른쪽으로 비틀었던 상체를 세우며 앞으로 숙여진 이혁의 이마에 그대로 통렬한 박치기를 했다.

쾅!

무서운 위력이었다.

찰나지간 눈앞이 캄캄해지면서 희한하게도 밤하늘에 떠 있는 별의 수십 배에 달하는 별을 한꺼번에 본 이혁은 정신없이 예닐곱 걸음을 물러서야 했다.

균형이 무너진 채 비틀거리며 뒤로 물러서는 이혁을 편정호가 덩치에 어울리지 않는 가벼운 몸놀림으로 따라붙었다.

지면을 박차며 미사일처럼 솟아오르는 도약.

이어지며 허공의 한 점을 번갈아 걷어차는 구두 끝.

그 끝에 이혁의 명치가 있었다.

하늘이 노래지는 충격으로 비틀거리던 이혁은 자신의 가슴으로 쇄도하는 매서운 기운을 느꼈다.

송곳처럼 날카로우면서도 해머처럼 묵직한 파괴력이 담긴 기운.

맞으면 싸움은 끝날 것이다.

이혁은 그것을 직감했다.

그의 몸이 꺼지듯 그 자리에 주저앉았다.

편정호의 구두 끝이 주저앉은 이혁의 머리 위를 무시무시한 기세로 스쳐 지나갔다.

펑, 펑.

발끝에 담긴 힘에 공간이 일그러지며 공기가 찢어졌다.

그 여파에 휘말린 이혁의 머리카락이 깃발처럼 펄럭였다.

발길질은 헛되이 허공을 찼지만 편정호의 공격은 아직 끝나지 않았다.

이혁의 머리 위를 스치며 지나가던 편정호의 몸이 화살 맞은 기러기처럼 뚝 떨어지며 그의 왼 팔꿈치가 이혁의 정수리에 창처럼 꽂혀들었다.

'이거야 원……'

편정호의 팔꿈치를 피해 앉은 자세로 바닥을 쓸며 일보 전진한 후 반회전한 이혁은 등줄기를 적시는 식은땀을 느껴야 했다.

수없이 프로들과 부딪쳤던 그였지만 이 정도로 힘겨운 싸움을 했던 적은 한 손으로 세어도 손가락이 남았다.

설마 박치기를 할 줄이야.

예상치 못했던 그 공격 이후 그는 계속되는 수세 속에 있었다.

방심하지 않았다면 있을 수 없는 일이었다.

무의식중에 그는 편정호를 무시하고 있었던 것이다.

그 결과가 지금의 상황이었다.

편정호는 인정하지 않을 수 없는 실력을 갖고 있었다.

이혁의 눈빛이 얼음처럼 차가워졌다.

상대를 인정했으니 그에 걸맞은 대접을 해줘야 하는 것이다.

차갑게 가라앉은 눈 깊은 곳에 파괴의 광기가 몸부림쳤다.

이혁이 바닥을 쓸며 물러날 때 편정호는 실패한 왼손 팔꿈치를 펴 손바닥으로 지면을 짚으며 모둠발로 이혁의 안면을 걷어차 오고 있었다.

이혁은 입술을 물며 오른발을 지지대로 삼고 양팔을 십자로 교차하며 안면을 방호했다.

쿵!

파파파팟!

지지대로 삼은 발이 닿은 지면이 밭고랑처럼 파이며 이혁의 몸이 2미터 가까이 뒤로 밀려 나갔다.

어둠 속에서도 볼 수 있는 확연한 흙먼지와 잔돌들이 어지럽게 튀었다.

그러나 충격을 받은 건 그만이 아니었다.

편정호는 이혁의 십자로 교차된 팔뚝과 부딪친 두 발에 전해지는 충격에 몸을 떨었다.

마치 철벽이라도 걷어찬 듯했다.

무릎관절이 부서지는 듯한 충격이라 그는 발을 거두어 공중회전을 하며 그것을 해소해야 했다.

둘 다 뒤로 밀려난 상황.

그들 사이의 거리는 4미터.

차갑고 맹렬한 두 눈이 허공에서 부딪치며 불똥이 튀었다.

어떤 싸움이든 기세를 선점하는 자는 투지가 강한 자다.

투지는 기세를 부르고 기세는 상대의 마음을 짓누르는 압력이 된다. 그리고 투지는 강인한 정신력에서 나온다.

먼저 움직인 사람은 이혁이었다.

공중제비를 돌고 지면에 막 착지한 편정호가 자세를 바로잡을 때 이혁은 4미터의 거리를 세 걸음만으로 단축하며 그의 가슴으로 뛰어들고 있었다.

싸움에 임하는 이혁의 투지와 정신력은 통상의 상식을 완전히 벗어나 있었다.

편정호의 안색이 변했다.

자신의 발길질에는 혼신의 힘이 담겨 있었고, 이혁이 뒤로 밀려난 것을 보면 분명 충격을 받았음이 틀림없는데도 달려드는 그의 어디에서도 충격의 흔적을 찾아볼 수 없었던 것이다.

그에 반해 그는 아직도 무릎 아래쪽이 얼얼해서 운신에 제약이 있었다.

이혁의 무예수련이 얼마나 지난했으며 또 지난 3년

동안 그가 어떤 상대들을 쓰러뜨리며 지냈는지 편정호가 어찌 알 수 있을 것인가.

피할 틈이 없음을 직감한 편정호는 하체를 낮추며 자세를 잡았다.

그는 이혁의 공격을 한 번만 흘릴 수 있다면 다시 기회가 올 것이라고 믿었다.

이혁의 얼굴이 편정호와 부딪칠 정도의 거리까지 접근했다. 편정호의 오른 주먹과 왼 주먹이 꼬리를 물며 반사적으로 나갔다.

슉슉.

공기가 찢어지는 소리.

거리가 너무 가까운 데다 돌진해 오던 탄력이 있어 이혁이 피하기 어려울 거라 생각했던 편정호의 눈가에 경악이 떠올랐다.

눈앞에 마주하고 있던 이혁의 얼굴이 허깨비처럼 사라졌던 것이다.

경악한 그가 내뻗은 주먹을 회수하기도 전.

그의 턱밑에서 가공할 기세가 담긴 두 개의 발뒤꿈치가 토네이도처럼 솟구쳐 올랐다.

양손으로 바닥을 짚은 뒤 물구나무서며 차 올린 이혁의 발이었다.

'헉!'

경호성을 삼킨 편정호는 반사적으로 상체를 뒤로 젖히며 두 걸음 물러섰다.

바람 같은 후퇴였지만 이혁의 발이 변화하는 속도는 더 빨랐다.

편정호의 턱을 스치며 솟아올랐던 두 발 중 오른발이 90도 각도로 꺾이며 그 발꿈치가 물러나는 편정호의 목 바로 아래 패인 곳, 천돌혈(天突穴)을 찍어왔던 것이다.

변화의 신속함은 눈이 따라갈 수 없을 정도.

퍽!

편정호는 상체를 비틀어 급소를 맞는 것은 피했지만 대신 왼쪽 쇄골을 내주어야 했다.

우두득.

"크윽!"

쇄골이 부러진 고통에 편정호는 이를 악물며 신음을 삼켜야 했다.

신음을 토해낼 여유가 없었다.

이혁의 공격은 아직 끝나지 않았기 때문이다.

비틀거리며 정신없이 뒤로 물러서던 편정호는 자신의 어깨를 찍었던 이혁의 발이 또다시 사라진 것을 알아차렸다.

그와 거의 동시에 그는 자신의 두 다리 정강이를 후려치는 쇳덩이 같은 발길을 느껴야 했다.

이혁이 두 손의 힘으로 땅을 받치며 팔꿈치를 쭉 펴 기둥으로 삼은 팔 사이로 두 다리를 통과시켜 편정호의 정강이를 사정없이 걷어찬 것이다.

"어흑!"

삼키고 자시고 할 틈도 없이 비명이 편정호의 입술 사이를 비집고 새어 나왔다.

정강이가 마비되는 듯한 충격을 받은 편정호가 자신도 모르게 무릎을 꿇어갈 때 두 손으로 지면을 강하게 밀친 이혁의 신형이 공처럼 튕겨 올랐다.

그리고 허공으로 솟구친 그의 몸이 허공에서 사선으로 360도 비틀리며 그 원심력을 이용한 오른발 공중회전 발차기가 번개 같은 속도로 이루어졌다.

그의 발등에 무너지듯 쓰러지던 편정호의 왼쪽 목이 걸렸다.

쾅!

이번에는 비명도 없었다.

…….

골목은 정적에 잠겼다.

바닥에 널브러진 편정호를 보는 편정훈의 얼굴은 흙빛이 되어 있었다.

그가 태어나서 지금까지 단 한 번도 본 적이 없는 장면이었다.

스물 이후 대전 지역에서 무적이라고 공인된 싸움꾼, 워해머 편정호를 구겨진 휴지처럼 만들 수 있는 사람이 있으리라고 그는 상상조차 해본 적이 없는 것이다.

"후우우우."

바위 같은 모습으로 우뚝 서서 흐트러졌던 호흡을 가다듬은 이혁은 담장 근처에 널브러져 있는 편정호를 한번 힐끗 보고는 인상을 찡그리며 혀를 찼다.

싸움을 지켜보던 정장 사내 네 명이 부드득 이를 갈며 그에게 다가오고 있었다.

독기 가득 찬 눈들이다.

그때였다.

"서! 이 새끼들이… 아까 내가 한 말을 씹는 거냐!"

편정호였다.

부러진 어깨를 늘어뜨리고 절뚝거리며 목을 매만지면서도 그는 자리에서 일어나고 있었다.

그의 목과 정강이를 걷어찬 이혁의 발길질에는 쇠도 찌그러질 만한 힘이 실려 있었는데 그걸 맞고도 그는 일어선 것이다.

대단한 맷집이었다.

그의 타는 듯한 시선에 사내들은 그 자리에 못 박히듯 멈춰 섰다.

"너희들 정도로 그놈을 상대할 수 없다는 거 뻔히 알

면서 망신을 자초할 거냐!"

사내들은 입술을 깨물며 고개를 떨어뜨렸다.

편정호의 말을 수긍하는 듯하면서도 불복하는 기색이 역력한 몸짓이다.

그들 중 편정호와 이혁의 싸움을 정확하게 본 사람은 아무도 없었다.

속도의 차원이 그들과는 완전히 다른 실력자들이 편정호와 이혁인 것이다.

무엇보다도 이혁은 그들 전부가 덤벼도 이길 수 없는 편정호를 이겼다.

그들이 상대할 수 없는 자라는 건 분명했다.

그러나 이혁이 그들보다 강하다고 꼬리를 마는 건 있을 수 없는 일이었다.

편정호는 그들의 대형이었기 때문이다.

형이 맞았는데 동생들이 등을 보일 수는 없는 노릇 아닌가.

건달이 아니더라도 사내라면 죽어도 못할 짓이다.

편정호는 한숨을 내쉬었다.

"안 되는 건 안 되는 거야. 너희가 그럴수록 내 얼굴에 똥칠을 더 할 뿐이다."

편정호는 절뚝거리며 사내들의 앞을 막아섰다. 그리고 이혁을 보며 말했다.

"졌다."

입술을 깨물며 말하는 그의 전신에 허탈감이 흘렀다.

이혁의 눈이 반짝였다.

깨끗하다.

깡패 중에 이런 놈은 정말 드물다.

솜씨에 걸맞은 자세.

이런 자에게 삥이나 뜯는 자로 기억되는 건 그리 유쾌한 일이 아니다.

이혁이 물었다.

"너, 동생 놈이 무슨 짓하다 내게 맞았는지는 알고 온 거냐?"

편정호는 어리둥절한 얼굴이 되었다.

"네가 돈을 뺏으려고 하는 걸 저항하다가 맞았다고 들었는데……."

교복을 입은 이혁이 반말하는 거 따위는 이미 염두에도 없는 기색이었다.

이혁은 혀를 찼다.

사내들 뒤에 숨어 있는 편정훈을 보는 그의 눈에 차가운 빛이 살처럼 스쳐 지나갔다.

"저놈이 관음증이 있다는 거 알아?"

편정호의 얼굴이 어둠 속에서도 확연하게 보일 만큼 붉게 변했다.

편정훈은 그에게 진실로 가문의 수치였다.

세상에 남은 유일한 혈육이 아니었다면 상종도 하지 않았을 것이다.

그는 절로 고개를 푹 숙이며 고개를 끄덕였다.

"알고 있다."

"그 짓 하다 나에게 걸려 맞은 거야."

구구절절한 설명은 필요 없었다.

편정호의 안색이 이번에는 다른 의미로 시뻘겋게 변했다. 노한 것이다.

그의 부릅뜬 눈이 편정훈을 향했다.

"사실이냐?"

편정훈은 말을 못하고 벌벌 떨 뿐이었다.

그 태도에서 이혁의 말이 사실임을 직감한 편정호는 어처구니없다는 얼굴로 탄식했다.

"허허, 이런 개망신이…… 튀 와!"

뱉듯이 말하는 그의 입술 사이로 뜨거운 숨이 쉴 새 없이 흘러나왔다.

편정훈은 사색이 된 얼굴로 주춤주춤 편정호의 앞에 섰다.

무서운 눈으로 그런 편정훈을 말없이 보고 있던 편정호의 성한 오른손이 움직였다.

빡!

"으악!"

맞은 건 뺨인데 뼈가 부러지는 소리가 났다.

비명과 함께 나가떨어지는 편정훈의 입과 코에서 부러진 이빨과 피가 튀었다.

"입 다물어. 숨소리라도 한 번 나면 오늘 너, 내 손에 죽는다."

이를 갈며 내뱉듯 말하는 편정호의 눈에 흰자위가 많아져 있었다.

공포에 질린 편정훈은 두 손으로 입을 틀어막았다.

편정호의 눈이 지금처럼 돌아가면 아무도 말릴 수 없다는 걸 잘 알기 때문이었다. 게다가 이 자리에는 그를 말릴 사람도 없지 않은가.

퍽퍽퍽퍽퍽.

편정호는 말없이 편정훈을 밟았다.

편정훈이 거품을 물고 기절하고 나서야 그의 발길질은 멈추었다.

'나보다 더 심하게 패네.'

이혁은 팔짱을 끼고 그 장면을 지켜보았다.

편정훈을 팰 때 그는 적어도 뼈는 손대지 않았는데 편정호는 그렇지 않았다.

언뜻 보아도 편정훈의 갈비뼈가 서너 대 이상은 나갔을 터였다.

편정호의 발길질은 그렇게 모질었다.

분노한 정도가 어느 정도인지 충분히 짐작케 하는 구타였다.

하지만 알고 보면 이혁의 손이 더 모질다고 해야 옳았다.

편정호의 발길질은 뼈가 부러질 뿐이지만 그의 손길은 속으로 골병을 들게 하는 것이기 때문이다.

기절한 편정훈을 두고 돌아선 편정호가 이혁에게 말했다.

"미안하다."

"알면 됐다."

던지듯 말을 받는 이혁의 태도에 편정호는 쓰게 웃었다.

"그런데 너 고등학생 맞는 거냐?"

"그만해라. 같은 질문의 반복은 지겨워."

"믿어지지 않아서 그런다, 너 같은 놈이 고교생이라는 것이."

"믿거나 말거나."

"허……."

편정호는 풀썩 웃어버렸다.

그런 그를 본 이혁의 눈이 반짝였다.

'가만… 저 자식을 통하면 영주의 부탁을 이행하는

데 꽤 도움이 되지 않을까? 솜씨도 믿을 만하고. 흐흐, 좋아, 믿져야 본전이지. 손해 볼 거 없으니까.'

그는 편정훈을 하숙집에 데리고 가서 하숙집 자매의 오해를 풀어줄 생각 같은 건 애당초 하지도 않았다. 그럴 거였으면 그날 밤 편정훈을 경찰에 넘겼을 것이다.

그가 물었다.

"미안하면 내 부탁 하나 들어주지 않겠냐?"

"부탁?"

편정호는 갑자기 배가된 왼쪽 쇄골의 통증에 얼굴을 일그러뜨리며 되물었다.

이혁은 덤덤한 어조로 대답했다.

"그래."

편정호는 자신의 부러진 어깨와 서 있기도 힘든 두 다리, 벌써 부어오르고 있는 목을 차례로 가리키며 물었다.

"너무 뻔뻔하다는 생각이 들지 않냐?"

"별로. 덤빈 건 너였잖아."

이혁의 얼굴은 무표정했다. 거기서 그의 속내를 읽어내는 것은 불가능했다.

편정호는 속이 쓰린 얼굴이 되었다.

정확한 사정을 파악하지 않고 편정훈의 말을 믿은 것이 잘못이었다.

원체 헛짓거리를 많이 하고 다니는 정훈이라 삥 뜯으려는 녀석도 있을 법했고, 딴에 깡은 있어서 저항했을 법도 했다. 게다가 깡을 뒷받침할 주먹을 갖고 있진 않아서 맞았다는 것도 그리 이상하지 않았던 것이다.

하지만 하필이면 얽힌 놈이 이런 괴물 같은 놈이라니.

그가 내심 이를 갈고 있을 때 이혁이 그의 갈등에 종지부를 찍었다.

"소문은 나지 않을 거다."

"으으으……."

편정호의 입에서 앓는 듯한 신음 소리가 났다.

부탁을 들어주지 않으면 오늘 일에 대해 소문이 날 수도 있다는 협박이 아닌가.

목을 맞고 쓰러졌다가 정신을 차리며 그가 가장 먼저 한 일은 숨어 있는 구경꾼이 있나 주변을 훑어보는 일이었다.

행여나 오늘 일을 본 사람이 있다면 소문이 나는 건 얼마 걸리지 않을 테니까.

교복 입은 고교생에게 위해며 편정호가 떡이 됐다는 소문이 나는 일은 정말 상상하기도 싫은 일이었다.

쾌재를 부를 놈들은 얼마나 많을 것이며, 기회라 생각하고 들이대는 놈들 또한 얼마나 많을 것인가.

편정호는 입술을 부들부들 떨며 대답했다.

"좋다, 들어주지."

"바람직한 결정이군. 명함이나 하나 내놔라."

"왜?"

"장소가 좋지 않다. 급한 일도 아니고. 나중에 내가 찾아가겠다."

편정호는 호주머니에서 지갑을 꺼내 안에 든 명함 한 장을 꺼냈다. 그것을 이혁에게 건네준 그는 부하들에게 눈짓을 했다.

두 명이 그를 양쪽에서 부축하고, 한 명은 편정훈을 업었다.

"기다리마."

"조만간 가지."

골목에 이혁만이 남은 것은 직후였다.

홀로 남은 이혁은 이마를 어루만졌다. 혹이 툭 불거져 있었다.

'박치기 하나는 정말 제대로네. 코 아래쪽에 맞았다면 그대로 싸움이 끝날 뻔했다.'

편정호의 돌머리를 떠올린 이혁은 혀를 내둘렀다.

기억을 샅샅이 헤집어도 그 정도의 충격을 받은 적은 몇 번 없었던 것이다.

'반성해야 할 일이다. 확실히 세상은 넓고 고수는 많다.'

무겁던 이혁의 얼굴이 펴지며 입가에 흰 선이 그어졌다.

웃고 있는 것이다.

'그건 그렇고, 생각보다 영주 일이 쉽게 풀릴 모양인데. 새옹지마(塞翁之馬)라더니. 흐흐흐.'

그는 편정호가 분명 도움이 될 거라는 확신이 들자 즐거워졌다.

이혁은 힘차게 하숙집을 향해 걸어갔다.

하지만 세상사가 어찌 원하는 대로만 흘러갈 것인가.

〈『켈베로스』 제2권에서 계속〉

1판 1쇄 찍음 2014년 4월 28일
1판 1쇄 펴냄 2014년 5월 2일

지은이 | 이주용
펴낸이 | 정 필
펴낸곳 | 도서출판 뿔미디어

편집장 | 이재권
기획 · 편집 | 윤영상

출판등록 | 2002년 9월 11일 (제081-1-132호)
주소 | 경기도 부천시 원미구 상동로 117번길 49(상동) 503호 (우)420-861
전화 | 032)651-6513 / 팩스 032)651-6094
E-mail | bbulmedia@hanmail.net
홈페이지 | http://bbulmedia.com

값 8,000원

ISBN 979-11-315-1141-1 04810
ISBN 979-11-315-1140-4 04810 (세트)

도서출판 뿔미디어 홈페이지 OPEN *!!*

안녕하세요.
지금껏 저희 뿔미디어를 응원해 주신
독자님들의 성원에 힘입어
이번에 새롭게 홈페이지를 오픈하였습니다.

저희 뿔미디어는 홈페이지에서 독자님들께서
보다 빠른 출간 소식과 미리보기 등
알찬 내용을 제공하기 위해 많은 노력을 기울였습니다.
또한 독자님들에게 도서 할인, 이벤트 등
다양한 혜택을 제공하고자 합니다.

저희 뿔미디어 홈페이지 오픈을 계기로
한층 더 독자님들과 가까워질 수 있는 기회가 되었으면 합니다.

보다 많은 관심과 사랑 부탁드리며,
앞으로도 더 좋은 컨텐츠 제공에 힘쓰도록 하겠습니다.

감사합니다.

-도서출판 뿔미디어 올림-

www.bbulmedia.com

www.bbulmedia.com